王子复仇记

[英] 莎士比亚◎著

梅昌娅◎编译

汕头大学出版社

图书在版编目（CIP）数据

王子复仇记／（英）莎士比亚著；梅昌娅编译. --

汕头：汕头大学出版社，2018. 3（2022.1重印）

ISBN 978-7-5658-3429-5

Ⅰ. ①王… Ⅱ. ①莎… ②梅… Ⅲ. ①悲剧-剧本-
英国-中世纪 Ⅳ. ①I561. 33

中国版本图书馆 CIP 数据核字（2018）第 007021 号

王子复仇记　　　　　　　　　　　　　　WANGZI FUCHOUJI

作　　者：（英）莎士比亚

编　　译：梅昌娅

责任编辑：宋倩倩

责任技编：黄东生

封面设计：三石工作室

出版发行：汕头大学出版社

　　　　　广东省汕头市大学路 243 号汕头大学校园内　　邮政编码：515063

电　　话：0754-82904613

印　　刷：三河市天润建兴印务有限公司

开　　本：690mm×960mm 1/16

印　　张：12

字　　数：173 千字

版　　次：2018 年 3 月第 1 版

印　　次：2022 年 1 月第 2 次印刷

定　　价：59.80 元

ISBN 978-7-5658-3429-5

导 读

  莎士比亚，本名威廉·莎士比亚（1564—1616），是英国文艺复兴时期伟大的剧作家、诗人。生于英国中部瓦维克郡埃文河畔斯特拉特福的一位富裕的市民家庭。

  莎士比亚7岁时被送到当地的一个文法学校念书，在那里一念就是6年，掌握了写作的基本技巧与较丰富的知识，除此之外，他还学过拉丁语和希腊语。但因他的父亲破产，未能毕业就走上独自谋生之路。

  莎士比亚在1586年左右到了伦敦，当时戏剧非常流行。他先在剧院当马夫、杂役，后入剧团，做过演员、导演、编剧，并最终成为剧院股东。他在1588年前后开始写作，先是改编前人的剧本，不久即开始独立创作，到1590年年底，莎士比亚已经成为伦敦一家顶级剧团的演员和剧作家。马克思称他和古希腊的埃斯库罗斯为"人类最伟大的戏剧天才"，他被人们尊称为"莎翁"。

  莎士比亚的代表作有四大悲剧：《王子复仇记》《奥赛罗》《李尔王》《麦克白》。四大喜剧：《仲夏夜之梦》《威尼斯商人》《第十二夜》《皆大欢喜》。历史剧：《亨利四世》《亨利五世》《查理二世》。正剧、悲喜剧:《罗密欧与朱丽叶》。

1597年莎士比亚重返家乡购置房产，度过人生最后时光。1616年莎士比亚在其52岁生日时不幸去世，葬于圣三一教堂。

17世纪初，伊丽莎白女王一世与詹姆士一世政权交替，英国社会矛盾激化，社会丑恶日益暴露。

这一时期，莎士比亚的思想和艺术走向成熟，人文主义理想同社会现实发生激烈碰撞。他痛感理想难以实现，创作由早期的赞美人文主义理想转变为对社会黑暗的揭露和批判。

哈姆雷特是丹麦古代的王子。莎士比亚故意以超越时代的误差将哈姆雷特搬到伊丽莎白统治末年的英国现实中来。此时的英国，宫廷生活挥霍浪费，社会动乱不堪，王室与资产阶级的矛盾越来越尖锐。

《王子复仇记》的主人公丹麦王子哈姆雷特，他的父王在花园中打盹时突然神秘死去，叔父继位并娶他的母亲为妻，令哈姆雷特深觉羞愧与愤怒。

他对父亲的死因有所怀疑，忧郁过度，终日愁容满面。某夜他遇见父王鬼魂诉冤，终于知道原来是叔父为篡位娶嫂而毒害亲兄。

他为报父仇假装发疯以避开叔父监视，并请戏班进宫表演一出与父王被杀经过十分相似的戏剧，逼使叔父原形毕露，结果他却误杀恋人奥菲莉亚的父亲，导致她因此发疯坠河而死。他的母亲后来也误饮毒酒身亡。优柔寡断的王子终于在怒不可遏之下杀死万恶的叔父。

《王子复仇记》以精湛的艺术形式，博大的思想内容表现出主人公人文主义理想的幻灭，反映了作者对人生价值和意义的探索。早在12世纪就流传着丹麦王子为父报仇的故事，英法两国的剧作家都据其情节写过中世纪的血亲复仇为中心的剧本。

莎士比亚借哈姆雷特之口，无情地揭露了当时社会的黑暗与不平，充分表现了他的人文主义思想。尽管戏剧中充斥着各色的丹麦人物名字，但读者不难看出故事中发生的一切恰恰描写的就是当时英国的社会，整个故事渗透着属于莎士比亚那个时代的精神。

目 录

国王的早朝

1000多年前，欧洲大陆正是战争频繁的时代，各国都野心勃勃要入侵他国，侵占领土、扩张势力，就像我国的战国时代诸侯割据，多国纷争一样，到处风起云涌，战火纷飞，到处都弥漫着浓浓的硝烟。

丹麦的艾尔西诺城是当时欧洲的一个小城市。这个小城市濒临海边，远离大陆，暂时还不受战争的困扰，所以还是有着一时的安定祥和。宫廷内外常常是欢歌笑语，豪华奢侈的酒会常常通宵达旦地举行着，美酒和佳肴不知迷醉了多少臣民的双眼。但是，隐隐地似乎又有一场巨大的变动，正在丹麦国里暗暗酝酿。

像以往一样，才登基不久的新国王克劳狄斯又醉意十足地由侍从们搀扶着，勉强坐到那精美绝伦的象牙椅上。

这位新国王是先王的弟弟，居然是个表面忠厚、内心阴险狡诈的坏家伙。先王的突然去世，使得丹麦国的朝政一时无人主持，虽然也有许多忠厚正义的朝臣提议该由年轻、勇敢、善良的王子哈姆雷特来继承王位，但以布洛尼斯为首的一批大臣却一致推举克劳狄斯继位，原因不过是：王子还年轻，国事繁重，他的经验不足，克劳狄斯才是最合适的人选。抵不过老臣们的提议，最终王位还是由克劳狄斯继承了。

克劳狄斯继承王位后，开始还表现得勉勉强强，每日也有模有样地处理政务。但不出一个月他就忘了兄长死去的哀伤，也忘了朝政的繁忙，而是终日纠集与他臭味相投的臣子饮酒作乐。以致于每天的早朝都像是在国王的睡梦中进行的，就像今天这样。

现在，各位大臣早已按照习惯各就各位了，王子和王后也坐到了他们自己的位子上。这位王后是哈姆雷特王子的亲生母亲，也就是先王老哈姆雷特的妻子，在先王死后不到两个月，她又嫁给了新国王克劳狄斯，成了新王后。

国王歪着脑袋，醉眼朦胧地看了看四周，挥挥手说："这里有一件事关朝政的大事，希望大家记住，放在心上。挪威国王的小儿子——福丁布拉斯，大家还记得吧？因为先王的英勇，他们失去了领土，现在先王死了，他们以为我们的国家就会乱了，他们就妄想要回他们的土地，真是一群不自量力的家伙。昨天，他们派来使节说假使我们不归还他们领土，他们就要武力相对了。"

国王的话音刚落，官员们便你一句我一句地议论起来，大家都担心战争真的要爆发了。

"大家安静安静，有什么意见一会儿再说。这可不是我们的错，福丁布拉斯这可怜的小家伙居然要有意制造战争，他哪里是我们的对手。"国王一脸奸笑，恶狠狠地说，"只要他敢来，非给他点颜色瞧瞧。"

国王顿了顿口气接着说："当然，大家都明白，老百姓们刚刚过上和平安逸的幸福生活，怎么能又闹起战争呢？年年的征战已经让百姓吃尽了苦头了，如果又闹打仗，教我怎么向老百姓们交代啊？"说着，国王假惺惺的脸上笼上了一层愁云，似乎真在为人民担忧呢！

"不过，福丁布拉斯的叔父过去是我的好朋友，他正统治着挪威边界的一个小国，通过他也许我可以制止住那可恶小鬼的捣蛋。这可是我费尽心思，日夜冥想才得出的好办法。我准备以归还他们一半的领土作为代价，让福丁布拉斯的叔父下令禁止那小鬼的军事行动，这也许是唯一能让百姓过上平安日子的好办法。"

国王也没在意大臣们的反应，一边说着，一边就叫来两个使者，递给他们一封信。

"这是一份重要的差使，你们作为使臣立即去谒见老福丁布拉斯，注意一定要妥善行事，将这份紧要的密函亲自交给他。"

"国王，您请放心，我们会不辱使命完成任务的，即使牺牲了我们的性命，我们也在所不惜。"两人接过这一封写在羊皮上的信，毕恭毕敬地边行着礼边后退。

"很好，很好。"国王舒展了一下疲倦的身子，满意地点点头，"你们会是国王的好臣民的，我们会祈祷着你们的平安归来。去吧，去吧！"

国王似乎还沉溺在昨夜的美酒与欢歌中，停了一会儿，他向四周看了看他的臣民。

"噢，雷奥提斯呀！我忠实的大臣布洛尼斯的儿子。"国王忽然很兴奋地向一位年轻、白皙的青年问道，"你有事要恳求我吗？土地，还是金钱，美女还是佳肴，只要符合你的身份，我都可以满足你的。你的父亲布洛尼斯可是我的好帮手啊！说吧，年轻人！"国王诡秘的笑容真让人恶心。

那青年高高的个头，俊朗的相貌，玉树临风的样子，他抬眼看着国王，似乎又深深地思考了一番，然后才坚定地说：

"对不起，我尊贵的国王，我恳求您让我回到法国去，为了参加您的登基大典我还有许多事丢在法国没有完成，所以，我恳求您的准许。"

"噢，看来法国真有那么多事情让你挂念，你如果一定要回去，让你回去也好。年轻人，你有没有问过你的父亲有什么意见呢？"国王说着转身看了看坐在一旁的大臣布洛尼斯。

布洛尼斯看着儿子，脸上满是慈爱的笑容，雪白的胡子也在脸上温和地垂着。他起身行了一个礼："尊敬的国王陛下，就请您同意他的恳求吧，他是那么的向往法国，常常像孩子般地在梦中笑醒，我已经被他深深感动了，您就让他去吧，我已经同意了。"

"那好吧，雷奥提斯，你喜欢什么时候动身就什么时候走吧！"

"谢谢您，国王陛下，我这就去准备。"雷奥提斯很兴奋，脸色微红，高兴地提早告退了。

国王一脸的迷糊，早想草草退朝了，但似乎又觉得这个早朝也太简单了点。忽然他看到了站在拐角边上的哈姆雷特，于是脸上又浮起了虚伪的笑，"噢，哈姆雷特，你怎么站在那边，快过来，我亲爱的侄儿。你是我王兄留下的唯一的儿子，也是我至亲的亲人。你就像我的儿子一样。虽然我继承了亡兄的位置，但将来这还是你的，你就是我的王子啊！"

国王声情并茂地说着，听得王子为难地低下了头，脸色真是又苍白又困窘，可怜的王子，他真不知该如何表达自己的内心。丧父的痛楚还在煎熬着他，却要在这里接受新国王的虚情假意。

"噢，亲爱的孩子，你怎么啦，脸色这样难看，假如是我对你的关心不够，请你一定告诉我。让我像王兄那样继续给你关爱，继续加倍地疼惜你。"国王的甜言蜜语，越发肉麻起来，王子的窘迫已经到了极点，可是除了忍耐他能怎么办呢？

坐在一旁的王后见王子一句话不说，连头也不抬，忍不住说话了："哈姆雷特，你应该精神一点，国王这是关心你，你不要总是一副愁眉苦脸的样子。每个活着的人都是要死去的，这是一件普通的事，你应该对国王尊敬一些，他在问你话呢！"

"这是一件很普通的事？"王子疑惑地抬起头看着他的母后，无奈地想着，"我黑色的丧服和悲苦沮丧的脸色都不足以表达我内心的愁苦，母后居然说这是一件很普通的事，谁又真正知道我的心思呢？"

"你可能是因为不能忘记先王吧，我的孩子，可是他已经死了，你不能过度地伤心，要振奋起来。你的孝心真让人感动，我为你的父亲骄傲。"国王像长辈似的，开始教导王子，口吻里开始有点儿责备了，"但是，你的伤心不能伤害你的健康，你的伤心也不应该是你孝心的表现，最重要的是你应该继续父业，发扬光大，献身我们的祖国和人民。你要暂时抛开你的悲伤，真正把我当做你的父亲，我所给你的荣华富贵和恩宠，绝不会少于任何一个疼爱他的儿子的父亲。"国王说着又转眼看了看左右大臣，"你们说是不是？"

大臣们连忙齐声赞叹国王的英明与豁达。

"还有，哈姆雷特，听说你要回到威登堡的大学继续求学，这可不行，你是丹麦国王子，离家这么远，我和王后，还有臣民们会担心的。好了，打起精神来，做一个丹麦国英勇快乐的王子吧！"

王后也是不乐意王子到城外求学的，她接着国王的话说："哈姆雷特，你总不可以让母亲一无所有的，请你留下来吧！让我时常可以看看你。"

"那好吧！"哈姆雷特王子抵不过国王与王后的连声要求，勉强从喉咙里吐出了三个字，愁苦的神情依旧布满他的面容。

这时的国王已按捺不住了，高声说道："来啊，快把美味佳肴统统送上来，让我们共同祝愿丹麦王族永世长存。为了表示庆祝，我们的每一次举杯，都要鸣放一响礼炮，让天地与我们同贺！"

说话间，早已准备好的陈年美酒、流油烤肉，加上山珍海味、南蔬北果，还有各式美味的佳肴便由侍从们端着，一盘一盘鱼贯而入。

国王端起了镶着美玉的金酒杯满满地斟上一杯，贪婪的眼神在酒杯里隐隐晃动，阶下的大臣们也不甘落后，你一杯我一杯地满上，举杯同呼"国王万岁""哈姆雷特王子万岁"，然后一饮而尽。王宫外霎时震天的礼炮轰响一片，欢呼声、碰杯声，此起彼伏。

笑容与醉意在国王与臣民之间荡漾着，摇晃着。但是我们的王子——哈姆雷特面对着满满一杯酒却苦楚得不行，似乎这斟满的一杯酒就是他满腹的苦水。他看着手里的酒又看着四周的嘈乱与嬉笑，王子那阴郁的脸色越发凝重。他端着酒杯沉思了很久，但又觉得头脑乱哄哄的什么也想不起来。

他的脸色非常苍白，白得有点发青，脸颊上突起的颧骨让人觉得王子殿下更加的瘦削。酒宴上所有大臣们的举动都在王子的眼前不停地晃动，但王子似乎麻木了，竟没有知觉似的一动也不动。

这样待了一会儿，他叹了一口气，悄悄地放下酒杯转身离开了大厅，他越走越快，那富丽堂皇的门柱从他身边逐一闪过，四壁明亮的门镜映出一个接一个悲愤的王子的身影。

大厅里的饮酒作乐声，发疯般地响彻皇宫，王子的离开谁也没有在意。

皇宫的外围是坚固的城堡和城墙，遥望远方，大海的海浪，夹着潮润的海风，隐隐约约地翻过城墙，透进城堡里来。王子拖着沉重的步伐来到了城堡边的小窗格子上，透过射击孔，远远看着茫茫的大海。

"父王啊！你可知道，我是多么想念你啊！"泪水悄悄顺着王子苍白瘦削的脸庞滑下，海浪"哗哗"地拍打着礁石，似乎在回应着王子的思念。

"王子殿下，你怎么在这儿？"

"啊……啊……"王子似乎根本没听到，但忽然他觉得这声音是那么熟悉而亲切，连忙转身，"霍拉修，怎么是你？"

霍拉修是王子殿下儿时的玩伴，他比王子殿下年长，也是从小一块长大、亲如手足的好兄弟，是王子最可信赖的朋友和臣民。

"你怎么不在威登堡，什么时候回来的？"

"回来几天了，殿下，我是来参加先王的葬礼的，他是一位很好的君王，我曾经见过他一次。"霍拉修一边说着一边注意地看了看王子殿下。

哈姆雷特的确像是换了个人似的，从前那种意气风发、神采飞扬的模样都不见了，整个人又憔悴又颓废，很让人看了心疼。

"是啊，他是一个伟大的男子汉，可是我再也见不到他了。"王子望着远方，脸上露出了忧愁的神色，"霍拉修，我们分离不算很久。可是这段日子发生的事情却让我实在难以接受。你听听，这是什么样的天理，先王的灵魂尚未安息，这王宫竟像魔鬼与恶毒者的天堂，终日的叫闹、喧哗。哎！这庄严肃穆的王宫啊，何时已变成了野蛮者的乐土！"王子深深地叹了一口气，又摇了摇头。

"王子殿下，我可以体会你的心情，我也是非常敬仰先王的，他是人民的好君王啊，只是你要多多保重身体才好。"

"霍拉修，谢谢你诚恳的关心。如今这宫廷内外没有一个是好东西，先王一死，他们把什么都忘了，整天只知道奉承新国王，和国王喝喝闹闹。凭我一个人又能把他们怎么样呢，我除了伤心、痛苦之外，真不知道能做些什么了，有时候我真的非常想念我的父王。"

霍拉修非常明白王子此刻的心情，他恨不得使出浑身解数来劝导王子一番。可此时此刻他似乎另有话要说。

"殿下……有一件事，我必须向你禀明。"霍拉修看了看王子，又看了看左右，停顿了一下，很严肃地说，"昨天夜里，我又见到先王了。"

城楼鬼影

"什么？霍拉修，你说什么？"

王子吃惊地看着霍拉修，一手抓住了他的肩膀，王子那瘦削的脸庞因激动而显得越发苍白，眼睛也显得特别大，"霍拉修，你再说一遍，啊，不可能的，绝对不可能的，先王已经离开人世两个月了，你怎么能见到他呢，你是在安慰我吧！"

王子自言自语着，渐渐又恢复了那忧郁的神情。

"王子，你误会了，我没有说谎，今天我还带来了我的两个好朋友，他们和我一起见到先王的，他们是我最好的证人。"霍拉修一脸严肃地指着站在一旁的中尉、上尉，"这是马休斯和布拉多。"

"王子殿下。"两位军官毕恭毕敬地向哈姆雷特行礼。

王子疑惑地看着他们3人，如果是别人告诉他这样的话，他是无论如何也不会相信的，但霍拉修的忠诚与可靠又让他非常想知道这其中的前因后果，"霍拉修，你们说说这究竟是怎么一回事吧？"

3位可敬的臣民相互望了一眼，又警觉地向四周看看是不是有人在偷听或窥探，然后才悄悄地将整个事件的来龙去脉一一向王子禀明。

这得从城外的城楼说起。城外的城楼就建在海边突起的坚硬的岩石上，四周拍打的浪花在岩石溅起的水花，可以打湿城楼的墙脚，每天24小时城楼上都有士兵们轮岗值班。冬季的艾尔西诺城寒冷得像个冰窖，夜晚的海边更是海风凛冽，寒风呼啸，汹涌的海水翻腾滚涌，白色的海浪肆虐地拍打着岩石。

就在这一个月以来，哨兵常常看到远处茫茫海面上有一个巨大的身影，胆小的哨兵被吓得厉害，常常找借口不愿在晚上站岗，于是一传十、十传百，便传出了城楼里有鬼的事来。

但是，即使真的有鬼，这24小时的轮岗也是不能少的，因为这海边的城楼担当着保卫艾尔西诺城的重大职责，它不仅要防范外国敌人的海上入侵，就算是海盗来了也是要狠狠地打击的。

这一天，也就是霍拉修见到王子的前一天，是勇敢胆大的布拉多值班。

"喂，前面是谁，口令？"站岗的哨兵冲着前方移动的身影喝道。

"国王万岁！"这是哨兵换岗时的口令。如果对方没有答应，他们即便被刺死也是无处申诉的。

"是布拉多吗？"哨兵听出声音，一边跺着脚，一边说，"你来的真准时，这该死的冬天真是寒冷啊！"

"哦！我是布拉多，时钟已经敲过12时了，你去睡吧！"

哨兵向布拉多敬了一个军礼，"谢谢你来接替我，少尉，这天冻得我心里老大不舒服，我得赶快去暖和暖和。"说着，哨兵忍不住又搓了搓双手，跺了跺脚，努力想把身上的冷气再赶走一些。

"唔，今天你守在这，一切都好吗？"少尉问道。

"安静极了，这么冷的天连这一带的小老鼠都懒得出来啊！"

"是吗？一切都相安无事。城楼顶的风大吗？"

"大得很哪！中尉，你可注意别着凉了。这该死的冬天，快把我全身的血液都冻住了。"

"好吧，你走吧！要是你遇见霍拉修、马休斯，告诉他们我已经到了，叫他们快点上来。"

"是的，遵命。"

布拉多少尉和马休斯中尉在城楼守夜都曾见过那天空中的怪相出现，但是他们的好朋友，也是哈姆雷特王子的好朋友霍拉修却始终不相信。所以今夜，少尉与中尉特意约了霍拉修，让他在午夜12时来到城楼与他们一块值班。

冬夜的城楼在惨白的月光照射下，晃着惨白的银光，四周的海面黑漆漆地，伸手不见五指。城楼顶上的风刮得四周呼啦啦地响，这北国的冬天真冷啊！黑暗中传来了急促的脚步声。

"谁？口令！"士兵猛地一振，端起了长矛，一副刺杀的准备。

"国王万岁。"黑暗中传来的正是霍拉修与马休斯的声音。"你们快来，啊！霍拉修，又见到你真高兴。"布拉多听到声音轻声地喊道。

"今晚那怪影出现了吗？"马休斯急切地问道，他生怕错过了时间。

"还没有。"少尉招呼中尉和霍拉修坐下，马休斯迫不及待地说："霍拉修总是不相信我们的所见，他总以为是我们自己胆小才胡编出来的。今天让他一块来，一会儿出现怪影，如果还可以说上几句话，那就可以证明我们说的不是谎言了。"

"我可没有说你是胆小鬼呀，你可是威风凛凛、武艺高超的军官啊！好吧，少尉，你先说说是怎么一回事吧！"霍拉修坐在一旁笑着向少尉挥了挥手说。

"本来我们也是不大相信这个传说的，可是昨天晚上，我们真的亲眼看见了传说中的一切，而且是那么清楚地看见，所以不相信也不行了。你们看，就在那，就是北斗星西面的那颗星已经移到现在处的那个位置。"

顺着布拉多手指的那个方向。霍拉修看到了一颗闪亮的小星星正吐射着光辉，"时钟刚敲过一点钟时……"

"咳，别出声，你们看！它又来了。"忽然马休斯急切地打断了少尉与霍拉修的说话。

只见远处黑黝黝的海面上空渐渐升起一片微光，而且逐渐明晰，像是黑暗中撩起一面薄纱，光亮中隐隐约约闪现出一个魁梧的身躯，它是那么的高大，那么的威武。那巨大影像在天空中越来越清晰，连五官都看得一清二楚。

少尉与中尉变得紧张起来，加上刺骨的海风的侵袭，两个军官忍不住牙齿"咯咯咯"打起架来，"啊，真是可怕，它又来了。"

霍拉修则是满脸严肃，双目炯炯地望着那身影，喃喃地自言自语："这真让人吃惊，他的样子真像我们已故的国王。"

霍拉修往前走了一步，壮着胆子向那鬼影轻声喝道："你是谁，胆敢装扮成丹麦国王出征的样子在这时候显现。"

那远方上空的影像没有回答，仍旧是一副威武的雄姿，眼中似乎包含着不尽的愤怒和严厉。

"你也觉得他像已故的国王啊？"中尉听着霍拉修对那鬼影

的问话不禁也走上前一步。

"怎么不像，你看他全副武装，那身威风凛凛的盔甲，还是出征讨伐挪威王时的装束呢，他那满脸的怒容，庄严而悲愤的样子跟先王在世的时候简直一模一样。"霍拉修目不转睛地盯着那影像，还想再问些什么似的。

霍拉修又向前走了一两步，这时天空中的影像开始渐渐模糊，样子也越来越淡，并且慢慢地消失了。

"喂，停住，你别走。"可是无论霍拉修怎么呼喊，影像还是消失得无影无踪了。

少尉和中尉挨近了霍拉修，"怎么样，我们没有骗你吧，前几次他也是这个样子，在这个时候悄悄显现，装扮得像个军人一样英姿勃发。只是今天的时间似乎短了些。"

霍拉修似乎还沉浸在刚才的幻想中，久久不能清醒，他沉思着，这究竟是怎么一回事，他是那么的像先王，难道真是先王的灵魂，他要给我们什么启示吗？我真不愿意相信这是真的。

"你们有什么看法，我的好兄弟？"他转身看了看身边的中尉和少尉说，"先王的灵魂全副武装地出现是不是预示着我们的丹麦国要出点什么事啊？"

"出事？"两位军官互相望了一下，"会有什么事要发生吗？"

"我也不知道，但这种灵魂的显现总不会是平白无故的。"

"啊，我突然想起来了，最近我们的国家戒备越来越森严，国王下令制造大炮、军舰，还向国外购买武器，每天都在征集造船匠，老百姓们都被搅扰得不得安宁。你们说，我们这是要和什么大国交战吗？还有我们许久没有操练的士兵，最近也被要求练习射击、对打和刺杀。如果不是要打仗，训练这些做什么呢？"

马休斯一边说一边用征求的眼光望着少尉和霍拉修。

"也不是没有可能的。"沉思中的霍拉修忽然变得有点儿兴奋起来，"你们想，刚才我们所见的影像，多像先王出征时的模样，还记得已故先王和挪威王福丁布拉斯之战吗？先王就是穿着那一身盔甲和那同样英勇闻名的挪威王决一死战的。"

"当时，他们约定一比一的对战，无论谁输，都要失去除了自己生命以外的所有一切，包括土地、臣民、城堡、财富和所有的一切。最终我们的丹麦王取胜了，我们丹麦国便吞并了挪威国的领土，那是多么令人骄傲的战斗啊！我还清楚地记得那一次决斗的情景。先王洪亮的嗓音还在我的耳边响彻呢！"

霍拉修的脸上浮现出自豪的神情，"那时，正是寒冬季节，白雪纷飞，两位国王身穿战袍，英姿飒爽地骑着骏马奔赴决战场……啊，我好像又一次听到了那'嗒嗒嗒'的马蹄声，看到了风雪中飘飞的战袍……那挪威王浓眉大眼，黝黑的皮肤，铁塔似的身形，稳健地坐在马上……我们的老哈姆雷特国王丝毫不逊色，金色的盔甲在阴沉沉的天气里格外地抢眼，他沉稳的笑容、自信的神情让人不得不从心底生出敬仰之情。"

"啊……战斗开始了！两国的随从士兵都紧张得瞪大了眼睛……只见风雪飘摇中，挪威王首先发起了进攻，他两腿一夹马肚，俯身便冲向了丹麦王……我们的士兵都替国王捏了一把汗。丹麦王却丝毫不怯弱，他轻轻地躲闪，转身又以迅雷不及掩耳之势举剑刺向了挪威王……挪威王也是一条硬汉子，没有一点儿畏缩，而是豪气冲天地喊着：'来吧，丹麦国王，我们的约定是绝不会反悔的，如果你赢了，我会将除了我之外的绝大部分土地与财产奉送丹麦国的……'"

"我们的丹麦王当然不会输给挪威王了，他也洪亮地回答道：'挪威王，我一定会胜利的，来吧，向我进攻吧……'四处的鼓声和士兵们的欢呼声震动得整个决战场沙土飞扬、白雪纷纷，天地混为了一片……那气势真是震撼人心，惊天动地啊……多少年了，我们再也没见过像那样一场公平而又激烈的战斗。"

霍拉修似乎还深深地沉浸在回忆之中，他微微地抬起下颌，两眼眯成了一条缝，神情是又钦佩又敬仰……

许久，他才回过神来，面对着马休斯和布拉多，神情又变得严肃起来："但是你们也知道，福丁布拉斯有个儿子，生就一副野马烈火的火暴脾气，他也是个不服输的家伙，这些年，听说他正招兵买马，训练精兵，唯一的目的便是要夺回他们失去的土地，他的举动很显然是在告诉我们，为了达到目的，他们不惜动用武力，兵戎相见。所以我们的国家紧张准备，积极备战，也就是为了这些吧！难道福丁布拉斯已经准备进攻了吗？"

"有可能，听说这两天有挪威国的使者来访，说不定是送来了战书呢？"

霍拉修似乎不怎么确定，"也许还是别的什么事呢？"他在原地踱了几步，深沉地思索着。

"不过我听说，从前在富强、繁盛的罗马，有一位大英雄叫裘力斯·恺撒的，在被人谋害的前不久，也许是神灵的显现吧，竟有许多死人从墓里跑出来，在街上游荡，还有那星辰拖着火样的尾巴从夜空中滑落，太阳也改变了颜色，世界变得昏暗，月亮也被乌云吞食。这也都是神灵的预兆，说不定，我们的国家也要发生什么重大的祸害。瞧，他又来了！"

"我要挡住他！"霍拉修快步冲向前，冲着那影像大声疾呼，"不要走，你是先王的灵魂吗？有什么我可以为你做的吗？你是不是灵魂得不到安息？告诉我啊，我愿为你效劳。"

但是那影像似乎不加理会，飘飘忽忽的，又像要消失。

"你别走啊！"马休斯急了，挥舞着军刀向空中砍去，像要挡住那影子的离去。但这都是徒劳的，一阵冷风迎面吹过，似乎也把这影像给吹跑了，这时远方城内的鸡鸣声一声接一声，天空也渐渐泛起了鱼肚白，这回这影像是真的走了，不再出现。

"真可惜，又让他走了。"马休斯有些懊恼地低下头。

"也许我们不该那么粗暴地对待他，他是那样的威严、高贵。"

"应该是鸡鸣声把他吓走的吧，"霍拉修似有把握地说："我听说，飘游四处的孤魂野鬼一听到雄鸡高昂的啼叫，就要一个一个地钻进他们的巢穴。"

"天已经亮了。"布拉多望着天空慢慢腾起的初阳，"我们该交班了，真是让人惊心动魄的一夜。"

霍拉修看着两位一夜未眠的伙伴，低声而又严肃地说："我想昨夜发生的事我们应该告诉哈姆雷特王子，那天空中的影像多么酷似威武的先王，尽管他对我们一言不发，但我保证他见到王子一定会把这其中的秘密告诉王子的。但是我们3个必须保守秘密，不许将这夜发生的一切再传扬出去。"

"我保证。"

"我保证。"

两位军官认真地、异口同声地答道。

霍拉修说完了这一切，哈姆雷特王子已经是听得瞠目结舌了，他吃惊地望着3位属下，脸上的神情是那样的焦虑又疑惑，眼里禁不住闪出盈盈的泪光。

"霍拉修，你说的一切都是真的吗？你们两个也看到了？"

"是的，王子殿下，我发誓，一点也不差。"

"是在城楼上吗？他果真全副武装，他有跟你说话吗？"王子迫不及待地问着，恨不得立即也能亲眼见到。

"就在这城楼上，那影像穿着先王出征时的全副盔甲。"霍拉修比划着，"我向他问话，他没回答，但我感觉他是有话要说的，只是鸡啼声吓跑了他。"

"这真是奇怪了，你们有没有看到他的脸？"

"看见了，他好像满脸怒容，又好像很悲伤的样子。"

"脸色呢？是惨白的还是红润的？"

"十分苍白。"

"啊！我真希望当时我也在场……他停留的时间有多久？"

"大概有一个人不快不慢地从一数到一百再长久些吧！"

"噢，还有他的胡须斑白吗？"

"是的，跟在世的时候一样，乌黑的胡须中夹杂着一些白胡子。"

"我知道了。"王子哀愁的眼神静静地望着远方，许久他才说话，"今晚你们还要守城楼吗？我和你们一起去。"

"王子殿下，你和我们一起去？"少尉似乎有点担心。

"对，我一定要和你们一块去，既然神灵借着先王的样子显现，无论如何我也要同他对话。我想知道这其中到底有什么奸人的计谋。另外，我要请求你们3位，这件事无论如何都不能泄漏出去，我会感激你们的。"

王子下定决心似的斩钉截铁地说，"好了，今晚11时至12时我会到城楼上与你们会面的，再会。"

王子与霍拉修他们3人分手之后便回到自己的屋里。或许是心情太乱的原因，他竟不知道自己该做些什么，只是在屋子里不停地转悠着，想着刚才霍拉修他们的话，心里又格外地担心，便盼望着夜晚快快来临。王子望着墙上先王的遗像，心里默默地祈祷着：先王，如果真是您的亡魂显灵，就请您再显现一次吧！

这一个下午，哈姆雷特王子因为突然听到这个意外的消息，心情变得格外复杂。他不知道自己该做些什么，一个人在家里，反反复复地回想着霍拉修他们3个人描述的情形。他的心里是又喜又忧，喜的是如果真是先王的亡灵显现，那么他又可以与先王见上一面，诉说他的思念；忧的是不知会有什么样的情形等着他去面对，会不会是……哈姆雷特王子不敢细想下去。他在自己的屋里焦躁地来回走动，想理清自己的思绪，却又不想深入地去思索。

就让夜晚快些来吧，让先王的亡灵早早与哈姆雷特王子相见，是喜讯还是坏消息就可以一见分晓了。

大臣的家事

大臣布洛尼斯的儿子雷奥提斯离开王宫时别提有多高兴了，他没想到国王这么快就准许了他的请求。想到马上就可以离开艾尔西诺回到法国，他禁不住哼起了歌儿。

这一次如果不是因为新王的登基大典，他是根本不愿意离开法国的。因为自从先王去世后，整个丹麦国是一片混乱，新王登基之后更是糟糕，到处乌烟瘴气的，根本没有从前丹麦国的欣欣向荣的景象。

现在可好了，他很快就可以离开这个鬼地方了，一想到自己又可以回到那个鸟语花香、清新怡人的国度，雷奥提斯的心情就格外的轻松。尤其是，他正在国外学习的剑术又可以继续，这是最让他高兴的事了。不过学习剑术的事他还没有告诉父亲布洛尼斯就是了。

"这下可好了，马上就可以出发，行李应该越少越好。"雷奥提斯一边想着，一边快步往家里走。

在家门口，他遇上了一位身穿白色水手服的年轻人。水手模样的年轻人，瘦高个，肤色略显黝黑，衬得一口牙齿显得格外地白。年轻人见雷奥提斯一脸喜色匆匆地要进门，就恭敬地问了一声："请问是雷奥提斯阁下嘛？船长让我送封信来。"

"我是……"说着雷奥提斯接过了一个白色的信封。

"船长请您看过信后，给他回个话。"

雷奥提斯拆开了信封，这是往法国去的客轮上的船长给他的信，信上是这么写的：

尊敬的雷奥提斯阁下：

遵照您的指示，客轮已在码头等候多时了，不知阁下起程的日期确定已否，我可派水手前往贵府装运行李，另，船期已近，请尽早安排。

复信请交水手送回我处即可。

汉姆斯船长敬上

"这样吧，"雷奥提斯一边折信一边对那个年轻人说，"我也不回信了，直接告诉船长，我下午就可以起程了。行李吗，马上就可以装运了，我去准备准备。"

"好的，我这就给船长回话去。"那个年轻人欢喜地走了。

穿过花园的石子小路，雷奥提斯没有遇到一个下人，也许是暖暖的午后，下人都偷懒地躲到哪个角落里去了吧！雷奥提斯也不在乎那许多了，快步走到妹妹奥菲丽娅的房间。

布洛尼斯的小女儿奥菲丽娅是一位美丽善良、纯洁的小姐，她有湖蓝色闪亮的大眼睛，白皙的脸庞上轻轻长着几颗可爱的小雀斑，那如瀑的金色长发温柔地卷曲着。她的美丽不亚于法国巴黎上流社会里任何一位贤淑名媛，她的温柔与善良也丝毫不比别人逊色。

奥菲丽娅正坐在窗前，听到脚步声知道是哥哥来了，便缓缓地转过身来："马上就要动身吗？"

"水手们已经在装运我的行李了，港口的船舶也等得很久了，而且我的心早已飞到法国了，所以必须马上走……但我又是那样的舍不得你。好妹妹，如果有船经过艾尔西诺往法国，一定记得给我来信啊！"

"我会记得，你是说今天晚上我们就要分开了吗？哥哥，你也要记得给我来信！"奥菲丽娅依依不舍地看着她的哥哥，眼里早已噙满泪水。

雷奥提斯看看妹妹，又看看妹妹的房间，这屋子里的一切是那么熟悉而亲切，每一件的物品都留着妹妹的馨香，都有妹妹轻抚的印迹，那高窗上盛开的鲜花、那桌角上歪坐着的小布娃娃，这里的一切都将让雷奥提斯留恋不已。

"我一定会的，一定会的，我会把巴黎的美景一一向你描绘，我还可以告诉你巴黎上流社会名门淑媛的爱好与打扮，如果可以的话，或许还可以捎些时髦的玩意给你的，让你和我一样体会着浪漫之都巴黎的繁华与美丽。"

　　"那些东西我倒不在乎，我希望哥哥能够过得好。"奥菲丽娅说完这句话便不再言语了，低下了头。她是一个温婉、不多话的女孩子，家中母亲的早逝让她的心思变得越发的细腻，兄长和父亲的疼爱是无法触及她的心灵深处的，所以像今天这样的分离即使非常难过，她还是把更多的话藏在了心里。

　　雷奥提斯望着妹妹那清澈如水的双眸，心中阵阵难舍，忽然他想起什么似的，脸色一下子严肃认真起来："哈姆雷特王子最近有来找你吗？"

　　"是的，几乎每天都来。"

　　"都说些什么呢？"

　　雷奥提斯觉察到这一两个月来，因为先王突然死去，王后又迅速与克劳狄斯结婚。王子哈姆雷特似乎对新国王越来越有敌意，而自己的父亲布洛尼斯又是当时力荐克劳狄斯继位的大臣，如今受国王的恩宠，王子会不会因此迁怒到他们家，借着与妹妹亲近有什么预谋呢？雷奥提斯想到自己如果离开家后，家里只剩下父亲和妹妹，他真有点儿不放心。

"只是简单的聊聊，没有说什么。"奥菲丽娅似乎不以为然。哈姆雷特王子与她的交往也不是一天两天的事，她不觉得有什么奇怪。

"但是，妹妹你要留心啊！也许王子现在是真心爱你，但你要明白他身处高位，有时会身不由己，并不是所有的事情都可以自己做主的。许多事情他不能像普通老百姓一样自由选择，而且我们的王族也许有他厌恶不满的地方，尤其是先王的去世，新王的登基对他的刺激很大，他接近你一定有他的主意，所以你一定要时刻小心戒备才对。不要对他太亲近，也不要对他讲太多体贴的话。"

"可是，王子殿下是一个正直善良的人，我不相信他有什么险恶之处。"

"你还太年轻，没有经历太多的世事，哥哥的话要听才是。"雷奥提斯的话语和表情都是不容置疑的，他相信自己的判断是绝对正确的。妹妹继续跟哈姆雷特王子交往只会给她自己和他们整个家庭带来灾难。所以，雷奥提斯是一定要劝告妹妹奥菲丽娅的。

善良的奥菲丽娅不愿再顶撞哥哥，她轻轻地点了点头说："我会记住的，但是哥哥你自己也要遵守自己的诺言，好好生活。"

正当兄妹俩正依依不舍地说着惜别的话时，门外传来了轻轻的脚步声，是布洛尼斯来了。

"妹妹，你多保重，照顾好自己，记住哥哥的交代啊！"

"我会的。"奥菲丽娅目送着哥哥走出了房门。

"爸爸。"雷奥提斯在门外正巧遇上了布洛尼斯。

"噢，你还在这儿啊！"老布洛尼斯慈爱地看着儿子，满脸因骄傲、自豪的神情而显得容光焕发，他衣着光鲜、仪态尊贵地站在那儿，"快上船去吧，行李已经准备好了，大家都在等你哪。我祝福你的远行，但是有几句话还是要对你说的，凡事要三思而后行，待人要和气，但不可以对泛泛之交的朋友吐露你的心机，要认真听取别人的批评，不足之处要改正。记得办完事情立即回家，家里有老父亲、妹妹在等着你呢！"

说到这，布洛尼斯忍不住双眼潮湿，毕竟这又将是一次长长的别离。"还有，不要随意借钱给别人，这样会使你金钱和朋友都没有了；也不要随意向别人借钱，这样会使你随意挥霍不懂节制的。这些都是会辱没你高贵的品质的。"

"父亲，我记住了。"

"好了，时候不早了，仆人们都在等着呢，你快去吧！"布洛尼斯朝着儿子挥了挥手，是那样的舍不得却又是那样的无奈。

"再会了，奥菲丽娅，记住哥哥的交代。"雷奥提斯转身先离开了。

"噢，我的宝贝奥菲丽娅，刚才你的哥哥在跟你交谈，是吗？他都跟你说了些什么？"

"哥哥同我在谈哈姆雷特王子的事。"

"嗯，是应该考虑一下这事，他最近常常来找你吧！"布洛尼斯若有所思地看着女儿，"听说你也不拒绝，还常常交谈得挺久的是吧！你是我唯一的女儿，应该注意一下自己的言行举止，雷奥提斯是怎么说的？"

"哥哥也许错怪好人了，他要我戒备王子，还说了一些对王子殿下不敬的话，可是我觉得王子殿下并不像他说的那样。"

"是吗……他是这样说的吗？真是我聪明的儿子，他已经觉察到了吗？"布洛尼斯像自言自语，又像是对着奥菲丽娅说，"那，王子还对你说了些什么呢？"

"王子向我表达了他的爱慕。"

"爱慕。"布洛尼斯似乎有点儿不屑一顾，"你就真的相信吗？我可怜的傻女儿，他那是假心假意的。你想想，他是一位高高在上的王子，怎么会在乎你这样一位大臣的女儿呢？而且他对他的父亲的死耿耿于怀，甚至与我们为敌，又怎么会真心待你？好了，总之，你不可以再随便同王子见面聊天了，我不许你再见他了，你留点儿神吧！如果他再来找你，你就让下人告诉他你生病了，你不要再与他亲近了！"

可怜的奥菲丽娅听完父亲的话早已满脸通红，她是又窘迫又伤心，为什么正直善良的哈姆雷特王子在父亲与哥哥的眼中会是骗子一样可恶的人呢，而且自己与王子之间光明正大的交往也被剥夺了，不知道王子知道这一切该有多么伤心啊！

但奥菲丽娅是一个乖巧的女儿，她不敢顶撞父亲也不想父亲不高兴，于是顺从地低声说："我会听从你的话的，爸爸。"

说完，奥菲丽娅就转身走进了自己的房间，重新又坐回了窗台前。窗外还是光秃秃的一片，这北国的冬天为何如此的漫长，四周只剩下冰冷的石头和没有花叶的树干。此时此刻，奥菲丽娅的心就像空气一样冰冷，而父亲与哥哥的话恐怕要比这空气还要冰冷，她想来想去想不出个所以然。

她知道在先王老哈姆雷特驾崩时，丹麦国的老百姓们，也包括奥菲丽娅在内都以为会是哈姆雷特王子继承王位，但谁知却被克劳狄斯抢先了一步，所以又有传闻说是她的父亲辅佐克劳狄斯登基的。如果真是这样，王子也许会记恨他们家。但是平日里王子与她的交往却丝毫没有受家庭的影响，她觉得这样对王子太不公平了。尤其想到哈姆雷特王子的遭遇，越发觉得他的可怜。

大概是先王去世之后，哈姆雷特就不断地苍白瘦弱下来，愁苦的神情常常布满他的脸颊，只有来到布洛尼斯大臣家里和自己交谈时，才可以稍稍见到他轻松的模样。可是现在，父亲竟然不准自己与王子相见，那还有谁能够真正关心王子？想到这里，奥菲丽娅小姐禁不住泪水夺眶而出。

奥菲丽娅小姐又禁不住想了想自己，虽然自己也出生在贵族家庭，衣食无忧，但真正关心她的人却很少。父亲整日忙着往宫里跑，一待就是一整天。哥哥又对法国迷恋得很。加上母亲的早逝，奥菲丽娅小姐很多时间都是独自一人打发而过的。从前偶尔还有王子的相伴，现在连这个小小的权利都被父亲粗暴地剥夺了。

噢！妈妈，您为什么丢下我一个人独自活在世上。如果有您温婉的关怀，我也不至于独自一人坐在窗前掉泪。这样的生活是孤独又寂寞的，除了哈姆雷特王子又有谁可以和我互相倾诉呢？现在我的身边已经没有真正的朋友了。

独坐在窗台前的奥菲丽娅小姐终于忍不住了，泪水轻轻滑过她的面庞，她在向死去的母亲倾诉，但母亲听得见吗？

还有谁能真正体会她的感受呢？

奥菲丽娅小姐一人坐在窗台前为自己着实伤心了一阵子。

不过，为自己伤心也罢，同情哈姆雷特王子也罢，这都不是现在应该做的。哥哥雷奥提斯下午就要出远门了，她还有好多事要做呢！家里只有她一个女主人，她得安排仆人收拾好哥哥的行装，午餐也得准备得丰盛些，为哥哥送行，自己的情绪总不能太糟糕，所以还得先打起精神来。

善良的奥菲丽娅小姐，顾不上自己的伤心了，她擦干了眼泪，理了理有些零乱的头发，又深深地呼吸了一口气，然后冲着镜子挤出一个笑容，对自己说："我得精神一些，为哥哥送行。"

父子相见

夜幕在哈姆雷特王子焦急的等待下姗姗来迟，王宫里的酒宴还在继续，不时有喧哗的歌舞声、碰杯声传来。王子已没有心思顾及这一些了。他的心里挂念的是早上与霍拉修他们约好的在城楼相见的事。可是距12点还有几个小时，真是让人着急。

"夜晚啊，你快些来临吧！让我快一点去会见那城楼顶的鬼魂吧！他到底是先王显灵还是邪恶的化身，你别让我等得太久。也许这一次的相见会改变我的一生。夜晚啊，如果你听见我的呼喊，你就降临吧！"

王子急躁地在屋子里踱来踱去，像一只没有出路的困兽，在沉闷中暗自咆哮。

渐渐地，四周开始越来越暗，王宫里已经被各式各样的烛光点缀得灯火辉煌了。王子早已按捺不住了，他穿上一件短皮夹，披上一件黑色丝绒披风，披风上有宫廷中的巧匠用金丝线绣上的花纹，看起来体面又尊贵。

当然王子没有忘记带上父王留下的那柄长剑，看着这镶有宝石的长剑，王子似乎又看到了先王威武的雄姿，禁不住有些感伤。但很快他就镇定下来了，因为今晚有一件大事需要他去做，也许真能解开他心中的谜团。

从父王的离去到现在已经快两个月了，可是父王的死因却有些让人怀疑，每个夜晚王子都会从梦中惊醒。这到底是怎么一回事呢？

传说中，父王是因为在花园中小憩，被草丛中钻出的毒蛇咬了，毒汁遍布全身，中毒而死。但王子却很难接受这个事实，而且这一疑问竟也时刻困扰着他。所以，不查明真相，他的心是一刻也不能安宁的。

王子镇定了一下情绪，便悄悄地离开了屋子。这一夜漆黑、静谧，似乎连星月也明白王子的心意，而躲起来不来打扰。王子的披风在夜风中轻轻地飞扬起来，像个夜行的侠客步履匆匆地走在通往城楼的石板路上。

这城堡里的一砖一石对王子来说都是那么的亲切，这都是他父王一点一滴打下的江山啊！但今天，王子丝毫没有这种心情去缅怀先王的功绩，他恨不能一步跨到城楼顶上。

霍拉修和两位军官早早已经等在城楼顶上，听到石阶上传来匆促而坚定的脚步声，知道是王子殿下来了。

"是王子殿下吗？"

“正是，你们早来了？”

哈姆雷特大步跨上了最后一级台阶，看到了霍拉修、少尉和中尉。寒风中几位属下已经冻得鼻头有点发红了，微弱的马灯照射下，他们恭敬地向王子行过了礼。

“这里的风真大啊！”王子用手拂着飞舞的披风，牙齿开始有点儿打战了，“现在几点了？”

“大概快12时了吧！”

“那奇怪的影像就要出现了。”两位军官马上精神为之一振，说不出是恐惧还是振奋。

忽然城内王宫外礼炮大作，铜鼓喇叭大响，“怎么回事？是什么声响，王子殿下？”

哈姆雷特王子望着王宫的方向说：“国王今晚又在大宴群臣，国王的每次举杯都要鸣炮庆祝。”

“这是一贯的风俗吗？”

“是的，我从小就习惯了这种方式，但是，这种纵酒作乐的方式招来了其他国家的非议，我觉得该破了这习俗才好，我们国家高贵的名节都被它所玷污了。”

几个人正说着，忽然天空微微泛起白光，“快看，王子殿下，他来了！”霍拉修的声音因为紧张都有点儿变调了。

4个人屏住呼吸，顺着霍拉修手指的方向，王子和两位军官齐齐向着天空望去，原本漆黑一片的夜空，在城楼正前方的那一块开始星星点点地亮起来，一个模模糊糊的身影慢慢浮现在了半空中。

在王子的惊讶与恐惧中，那天空中的影像逐渐清晰并飘飘浮浮地向城楼飘来。

王子和几个属下顿时觉得浑身阴冷起来，说不出的恐惧笼罩了全身，海风的吹拂使得王子的黑色披风在风中上下飞舞。王子不禁握紧了腰间的长剑。

果然，正像霍拉修所说的，那飘浮在空中的影像极像故去的国王，他依旧全身披着盔甲，目光犀利地望着他们。

"啊，父王，你真是我日夜思念的父王吗？"哈姆雷特忍不住冲上前一步向那影像疾呼，言语中的悲切让人听了真是不忍心，"您有话要对我说吗？为什么每一个夜晚你都在这里显现？你有难熄的冤情，让你的灵魂难以安宁吗？请你告诉我啊！"

空中的怪象没有言语，仍旧瞪着一双大眼，直愣愣地看着王子。这时一阵冷风扑喇喇直向王子吹来，哈姆雷特忍不住打了一个寒战，牙齿也咯咯作响。忽然，那影像抬起了右手，向王子摆动着。

"王子，他招呼你去呢！"霍拉修轻轻拉王子的衣袖，"他可能有话要对你一个人说。"

"可是王子，你不能去，不能去。"两位军官连忙挡在王子的跟前，保卫王子的安全是他们的职责，怎么能让王子跟着那可怕的怪影走呢，"那是可怕的怪像，面貌凶煞。王子殿下，为了您的安全，您不可以跟随他去。"

但是王子的态度很坚决："你们不要阻挡我了，既然父王的神灵召唤我来到这里，让我们父子相见，还有什么可怕的呢？"

霍拉修看着王子又看看天空中的怪象，还是拉住了王子的手臂："殿下，要是它把你引诱到海边，或者带你到悬崖顶上，然后变出可怕的面貌，吓坏你怎么办？"

"他还在向我招手，让我去吧，我的生命算得了什么呢，如果能够了却我的心愿，即使失去生命也不值得可惜。"王子奋力挣扎，试图挣脱霍拉修的手。

"快放开，快放开，你们这样算什么？"王子发怒了，双目瞪圆，额角的青筋突兀，一手紧紧握住腰间的长剑，"是朋友就放开我吧，我向上天起誓，谁要是再拉着我，我就跟他不客气了。"

王子的话就是命令，3个人见王子的态度如此坚决，就知再阻挡下去就是不敬了，只好松开手，3个人让出了一条道，霍拉修看了看身边的中尉和少尉说："我们跟着王子吧，如果有什么也帮得上忙。"

王子面色严峻，顺着那鬼魂招手的方向走去。四周是伸手不见五指的漆黑，静悄悄的夜幕中王子的脚步声让人格外的惊心动魄。哈姆雷特已经走到了城楼的尽头，站在海边突起的大石头上，前面便是悬崖峭壁，再往下看就是恶浪狂涌的海面。

"你要带我到哪里去呢，我前面已经是茫茫大海了，再往前我就会粉身碎骨了。"

"哈姆雷特，我的孩子，"鬼魂幽幽地说话了，那声音有些阴森恐怖，又有无限的悲切，"你听着。"

"我在听呢，父王。"

"你听了以后，一定要替我报仇啊！"鬼魂的声音在黑暗中越发的可怕，这"报仇"两个字像重锤一样狠狠打在了哈姆雷特王子的心上。

"父王，真有令你灵魂不得安息的冤屈吗？"

"说吧，父王，请你明明白白地告诉我，我用我的生命起誓，我会完成你的遗愿的。"

"哈姆雷特……我是被人杀死的，你要替我报这杀身之仇。"鬼魂停顿了一下，接着说，"一般的人都以为我是在花园里小憩时被毒蛇咬死的，可是真正杀人的凶手已经成了国王了。"

"啊，是我的叔父！"王子听了这番话，全身的血液像被冰冻住了一般，一时半会儿竟没有了思想，"果然是这恶毒的魔王。"

"那个可恶的畜生，真是卑鄙无耻之极，他早就有了篡位的阴谋。他知道我每天中午都习惯到花园休息一下。在我睡着之后，你叔父悄悄溜进花园，将事先准备好的毒汁滴入我的耳朵，那药水进入我的血液之后很快流遍我的全身，我在睡梦中便被自己的兄弟夺去了生命。"

鬼魂说完了这一切似乎轻松了下来，面容也不再那么严肃，看着哈姆雷特王子的眼光竟有些温柔。"哈姆雷特，你要记着我的话，为我报仇，让我的灵魂尽早安息吧……啊，清晨就要来临了，我必须走了。"

"不，父王，你慢些走。我还有话要对你讲，你知道这么多日夜我对你的思念吗？父王，你别走……你别走……"

天边果然微微透着光亮，先王的灵魂在光亮中微笑着渐渐黯淡下去，在王子的呼唤声中越来越模糊，直至最后消失。

王子的神色随着那灵魂的远去而渐渐地变得黯然神伤。他朝思暮想的父王果然是灵魂不得安息的冤鬼，他身为人子又怎能不为父亲了却心思呢？

王子的头脑里像是有个巨大的轮子在飞转，他的内心在狂呼："上天啊！我快发疯了，这是多么可恨的事，我该怎么办，我必须揭露这魔鬼的阴谋，我必须让他失去他所篡夺的一切。"

王子边想边快步返回城楼，霍拉修和两位军官在城楼已经等得有点儿着急了，此时见王子快步回来，连忙拥上前去："王子，没事吧！"

"哈姆雷特殿下，上帝保佑你！"

"我没事，没事，你们放心吧！"

"你没有受伤吧？""鬼魂跟你说了些什么？"3个人围着王子你一句我一句问个不停。

王子回头望望那一片显现影像的天空，又转眼看了看3位属下，言语低沉地说："那果然是父王的亡灵，他不得安息，所以才会每日出来走动。"

"先王说了些什么，好殿下，告诉我们吧！"

"不行。"王子摇了摇头，"你们会泄漏出去的，请原谅我，不但刚才发生的所有事情你们不能说出去，而且就是几天来你们的所见也不能泄漏出去。"

"放心吧，王子殿下。我们都是你忠实的属下，绝对不会将这里所发生的事说出去。"

"对，我们是绝对听从你的命令的，我们可以向老天发誓。"布拉多和马休斯都急切地要表白自己的忠心。

"好的，我们来宣誓吧！"王子殿下"唰"的一声抽出了他的长剑，"来吧，把手按在这剑上，跟我一道宣誓。"

4个人各伸出右手，按在了王子的长剑上，4个坚定的声音在静静的城楼上回旋。

"凭良心起誓，我们永远不向任何人提起我们所见的一切。"

4个人宣誓完毕便分头离开了城楼，这个秘密将永远留在他们的心中。他们已经向上天宣誓，他们愿意忠诚地陪伴在王子殿下的身边。

自从发生了城楼与先王灵魂相见那一幕之后，王子的心再也没有安宁过。他时刻为自己该如何为父王报仇而焦虑不已，可是理智告诉他，即使他再厌恶克劳狄斯王，也不能因为夜晚的灵魂而轻易行动。

这该怎么办呢？

极度的焦虑与煎熬让王子越发的苍白憔悴，他不想做一个不孝的儿子让父王的灵魂终日游荡在天际，也不想成为弑君的凶手。

每当夜晚来临的时候，他总是难以入眠，仰天长叹：

父王啊，你让我成为没有欢笑、终日愁苦的可怜虫，你让我的良心与理智时刻在作战。我要怎样才能确信，那天际的灵魂就是你的显灵，我要怎么才能知道，那可恶的魔鬼是怎样向你下的毒手？

父王啊，你快帮帮我！

王子发疯

艾尔西诺城的冬天是寒冷而又漫长的，迟迟不来的春天让这小城里的居民们终日蒙头包面，臃肿的服饰和因寒冷而蜷缩的神情使得每个人看起来都不是那么的快乐。即使已经进入3月，可是花儿、草儿依旧不肯探出头来。四周光秃秃的树丫丝毫没有显露一点春天的气息。

王子自从那一夜与先王的亡灵会面之后，变得更加寡言少语。终日愁眉不展地待在屋子里，就是外出也是一整天不见人影，回来时衣服零乱，污浊不堪，问他去哪儿了，他总是不吭不响的。有时却疯疯傻傻对着地上的小虫子独自说话。仆人们很焦急，再问他，他就嘻嘻哈哈地搪塞着。

王子的举动着实让人担心，也有下人将这些情况告诉国王，可是国王终日大宴臣僚，似乎也并不是太关心。

于是，艾尔西诺城里谣传王子疯了的话，便在百姓们中间传开了。胆大一点的竟也敢在茶馆酒肆里吗，绘声绘色地描述王子荒诞的举动。

“王子一定是疯了，整日衣冠不整的，胡言乱语，我还看到他把鞋子扣在自己头上呢！”

“我不相信，王子是多么聪明勇敢的人，怎么会疯了呢？一定是有人陷害他。”

“这也难说，先王死了不久，他的叔父就登基，还娶了他的母亲，这当然对他刺激太大了。这王位本来是他的嘛！”

什么样的说法都有，但是不管怎样，老百姓都是有些伤心的，因为哈姆雷特王子曾经是他们丹麦国的希望和骄傲。如果连他也疯了，那这整个丹麦国还有什么指望啊！

雷奥提斯离开艾尔西诺也有些时候了，布洛尼斯和奥菲丽娅都格外地想念他。虽然布洛尼斯对自己的儿子是非常自信的，但他还是有些担心，巴黎那花花世界会不会教坏了儿子呢？这一想，他叫来了仆人雷那尔多。

“老爷，您叫我。”

“嗯，雷那尔多，你去过巴黎，知道怎样找得到少爷。这些钱和这封信，你交给他。”布洛尼斯指着桌上一包已经打理好的包裹对仆人说。

“是的，老爷。”

“不过，你见到他之前，最好先打听一下他的情形。比如他都交了些什么朋友，常出现在什么场合，有没有染上什么恶习，你知道该去哪些地方打听的。"

"老爷，你放心，我会做好的。"雷那尔多接过包裹，深深行了一个礼便退下了。

这时，奥菲丽娅慌慌张张地从父亲的房门前走过。

"奥菲丽娅，你怎么了？"布洛尼斯见到女儿奇怪的样子，连忙大声叫住女儿。

"父亲，是王子殿下，王子殿下。"因为紧张，奥菲丽娅的话有点儿结结巴巴。

见到女儿如此惊慌，布洛尼斯走出房门，轻轻拍着女儿的肩膀，"来，孩子，别慌。到父亲的屋里慢慢说。"

奥菲丽娅在父亲的搀扶下，走进了父亲的屋子，坐了下来。好一会儿她才缓过劲来，慢慢地将刚才发生的一切告诉了父亲。

清早，奥菲丽娅像往常一样待在屋子里。想起春天就要来了，她给哥哥做的薄夹衣还差一点儿完工，便坐在窗台前专心地缝纫。因为终日的孤独和寂寞，加上父亲又不准与哈姆雷特王子见面，所以奥菲丽娅的生活越发地单调，精神也颓废不已。稍稍缝了一会儿便有些疲倦了，她刚想闭上眼休息一下，忽然觉得身后有人，回头一看，顿时把奥菲丽娅小姐吓坏了。

"啊，王子殿下……"

只见王子殿下衣冠不整地站在她的屋里，他的头发没有梳理，还夹杂着树叶、泥土，胡乱地贴在额前，脸色惨白惨白的，一双大眼深陷，瞳孔里满是迷茫的神情。他的上衣完全没有扣上纽扣，鞋袜上也沾着污泥，一只脚上没有绑袜带，袜子垂到了脚踝上。

奥菲丽娅连忙起身，慌乱中手中的夹衣掉在地上她也没有察觉。王子的双眼直愣愣地盯着奥菲丽娅，好像一柄利剑直刺奥菲丽娅的心窝。

"王子殿下，你怎么了？"

哈姆雷特的嘴唇动了动没有言语，突然他一手握住了奥菲丽娅的手腕紧紧不放，拉直了手臂向后倒退，两眼一眨不眨地看着她，像是面对一个陌生人一样的眼神奇怪而又执著。这样过了好一会儿，王子轻轻摇动奥菲丽娅的手臂，他的头上上下下点了3次，然后长长的叹息了一声，那叹息声非常的惨痛而深长，让人听来悲惨极了。

奥菲丽娅壮着胆子轻声问道："王子殿下，您怎么了？是不舒服吗？"因为王子的举动太突然了，奥菲丽娅的问话也有些害怕，声音竟然是颤抖的。

王子还是一句话也不说，像没听见似的，这样僵持了一会儿。然后王子放开了她的手，转过身去。但脸还是面对奥菲丽娅小姐，两眼还是不曾离开她的脸。王子看也不用看一步一步地走向门边，走出了门外。奥菲丽娅也跟了出来，但是奇怪得很，走廊和门厅里根本没有王子殿下的身影，真不知道他是从哪里进来又从哪里出去的。

"难道王子真的发疯了吗？"听完女儿的讲述，布洛尼斯不禁自言自语道。

"王子真的发疯了，这可真让人伤心。"奥菲丽娅也自言自语道。

"他是因为不能和你相爱而发疯的吗？"

"我不知道，可是我想也许是吧！"奥菲丽娅轻声说，她的神情困苦不安，胸中似有不尽的哀怨却难以迸发。

"这一定是因为恋爱不遂而发狂，王子也是个普通的人，受了这样的刺激一下子不能接受，于是就疯了。"布洛尼斯斋有把握地说，"我得去见国王，我得把这一切都告诉他，王子的的确确是疯了。不过奥菲丽娅，你一定要小心。如果王子殿下还这样出现，你一定得想法子尽快通知我。他是个十分危险的人物，不知道疯狂之下会做出什么样的行为，知道了吗？"

"我会小心的，父亲。"说完，布洛尼斯连忙进里屋更衣去了。

其实王子发疯这件事，老早就在艾尔西诺城里悄悄流传了。善良的百姓们是又担忧又无奈，人们怎么能够相信勇敢、聪明、正直的王子会发疯。国王也是不相信的，当然他不是因为善良而不愿相信，而是心虚、害怕王子装疯有什么计谋要对付他。所以他常常交代他的亲信要严密注视王子的一举一动。

王子究竟是真疯还是假疯，这对于布洛尼斯和国王来说都是个非常重要的问题，所以布洛尼斯对王子的一举一动的关心一点也不亚于国王。现在布洛尼斯有了确凿的事实，他相信凭着自己女儿和王子的亲密关系，王子在女儿面前是绝对不会伪装的。王子今天的表现只有一个原因，那就是真的疯了，他连奥菲丽娅也不认得了。

早春的阳光是那么的稀薄，淡淡地照在宫墙上，像涂了一层薄粉。早上，罗森格兰兹、吉尔登斯吞刚刚从国外归来。他俩是被紧急密诏召回国的，此刻正与国王、皇后在王宫里密谈。

罗森格兰兹和吉尔登斯吞是国王的家臣，也是从小和哈姆雷特一块长大的亲密伙伴。可以说王宫里什么有关哈姆雷特的事情，他们都是知道的。

国王急急地召他们回国是要把他们俩拉到自己身边来，孤立哈姆雷特王子。这样即使王子殿下想有什么威胁到国王的行为，他也只能是单枪匹马，孤立无援的。

国王和王后齐身坐在镶满美玉的宝座上，两位家臣卑恭地弯着腰坐在一旁。

"欢迎你们回来，亲爱的罗森格兰兹和吉尔登斯呑，"国王脸上堆满了虚伪的慈爱，语气也柔和得让人无法接受，"一方面我们非常的思念你们，另外，我们也有些事情要请你们帮忙。来，坐得近些，这样说话也亲切些。"

国王的一反常态，让两位家臣有些诚惶诚恐，他们俩相互对视了一下，稍稍往国王身边挪动了一下椅子。

"我想有关哈姆雷特的情况，你们也知道一些了吧！自从他父亲死后，他就情绪一直不稳定，最近更是疯疯癫癫，整日不知所云。我急着叫你们回来，就是想让你们陪陪他，替他解解愁闷。同时也注意观察他有什么心思、什么举动。也许我们可以帮帮他，可以治好他的病。"

"哈姆雷特常常讲起两位，我相信他是很信任你们的。希望两位能帮帮我们的忙，我们会厚礼相待的。"王后接过国王的话茬对两位家臣说道。

罗森格兰兹与吉尔登斯呑回国前对艾尔西诺城里发生的事是丝毫不知晓的，但在进王宫见国王之前，在街角、市井上听到有不少百姓在议论纷纷，他们大惊不已，也顾不得细听，连忙进宫了。现在听了国王、王后这么一说，当下心中明白了二三分。

哈姆雷特王子殿下与两位家臣自小就是朋友，王子的发疯让他们也很伤心。现在国王要他们探听王子发疯的秘密，而且要做得不动声色，不能让王子察觉。这似乎令他们有点儿为难。罗森格兰兹与吉尔登斯吞两人都暗自思索，到底该怎么办呢？

国王见他俩迟疑的神情，立刻许诺："两位家臣不要顾虑，我不是要你们做什么伤害王子的事情，只要你们经常和他见见面，问问他有什么烦恼和苦衷。以便我们可以对症下药治好他的病，尽快治好王子的疯病也一定是你们的心愿。如果任务完成的话，我会重重赏赐两位的。"国王说完这番话之后，满脸笑容地看着他俩。

两位臣子想了想，觉得国王的话也不无道理，治好王子的疯病何尝不是他们的愿望呢？再说又可以拿到丰厚的赏赐，何乐而不为呢？想着，想着，两人不约而同地起身，恭敬地向国王、王后行了一个礼："请国王、王后放心，为了王子殿下，为了丹麦国的将来，我们会尽力完成好你们吩咐的任务。"

布洛尼斯一直在门外，直至见到罗森格兰兹和吉尔登斯吞两人笑容满面从王宫内走出来，才转身走了进去。

"国王陛下，看来你和王子殿下的两位伙伴谈得很成功啊！"

"咦，你怎么这么快就知道了。"

"噢，我刚才进来时看到了罗森格兰兹和吉尔登斯吞笑容满面地出来，想来定是好消息。"

"你真是个聪明人。"

"国王陛下，有两个好消息要告诉您，是有关挪威王和哈姆雷特王子的。"布洛尼斯一边行礼一边说着。

"快说，快说，"国王一听便喜上眉梢，"爱卿，你总是可以给我们带来好消息的。"

"陛下过奖了。"布洛尼斯仍是一如既往、恭敬地行了礼，"挪威王接到我们送去的密函，立即传令停止他侄儿的征兵，他说他自己因年老多病，受人欺罔，才会被蒙在鼓里，他已经狠狠地将福丁布拉斯训斥了一番，并且委任他侄儿去讨伐波兰人。同时他还有一封复信。"

"很好，"国王接过信，看也没看一眼，就把信搁在一边说，"这件事我们一会儿再说，先讲讲哈姆雷特王子的事吧！"

"是，陛下，"布洛尼斯手捻着他的白胡子极其认真地说，"我敢肯定王子殿下是真的疯了。"

"怎么说？"国王、王后急切地问道。

"是这样的，我派去的下属来报，说王子殿下近来言语越来越狂妄，对人也不太认得，常常不知跑到什么野地、河沟里去，然后蓬头垢面地回来，抓些小动物、小虫子之类的，独自玩闹。王子殿下经常胡言乱语不知道在说些什么。整日里不吃不喝，有时竟抓些树叶、泥土什么的直往自己的嘴里塞。您说这不是疯了是什么？不过有时他神智却比谁都清楚，净说一些深奥、晦涩难懂的话叫人琢磨不透。"

说到这儿布洛尼斯停顿了一下，咽了咽口水，又接着说："现在又有一件事更能证明王子是真的疯了：今天早上，王子殿下去找我的女儿了，不瞒国王、王后，王子殿下与小女一向很谈得来，彼此也相互信任。但我很明白像王子这样尊贵的人，我是不能让他们继续发展下去的，所以我让女儿深居简出，不要再与王子见面，也许是受了这样的刺激，王子竟发疯了，今早他又衣冠不整地来找小女，并把小女吓坏了。"

"我想，王子对小女的感情是真诚的，他应该在小女面前无须掩饰什么。或者，如若国王、王后不相信，可以让小女与王子再见一面，到时我们躲在一边偷偷观察便可知其真假了。"

国王听后，略略思考了一下，转过头问王后："你说是这个原因吗？"

"很有可能。"

"那好，我们就试试吧，看有什么合适的时间我们做个安排。"

"是，陛下，我先告退了。"布洛尼斯一边行着礼一边退下了，他要回去同女儿商量一下该怎么做这件事。

布洛尼斯躬着背，弯着腰一路退到了门口，刚到门口一转身就看到了哈姆雷特王子，他的模样就像人们描绘的那样衣裳褴褛的，走起路来宛如游魂般移动。他正手捧着一本书念念有词地向这边走来。

布洛尼斯连忙迎上前去："王子殿下，您好吗？"走近时，布洛尼斯才发现王子手中的书根本是倒着拿的。

王子似乎不加理睬，嘴里叽叽咕咕说着径直往前走，好像没看见他似的。布洛尼斯连忙跟在王子身后。

"王子殿下，你知道我是谁吗？"

"你啊，认识，认识，你不就是那个卖鱼的小贩吗？"王子转过身，不以为然地说道。

"卖鱼的小贩？我不是啊，殿下难道不认得老臣了吗？"布洛尼斯也纳闷了，自己和卖鱼的小贩有联系吗？

"那也没什么，但愿你和鱼贩子一样是个老实人。"王子头也不回继续往前走。

"那当然，那当然，王子殿下，你在读什么书啊？"

"读的是圣书啊，只不过全都是一派胡言，什么人已经老态龙钟了，头脑也是空空洞洞，却还整天想着坏点子，做起事情来横行霸道。当然，要是你能够像一只螃蟹一样向后倒退，那么您也会跟我一样年轻的。"

王子的话不着边际，在布洛尼斯听来却似乎另有所指，他心想："虽说是疯话，听起来竟也蛮有深意的。不知道再问下去，他还会有什么更惊人的语言。"

"王子殿下，您到屋子里去吧，走在外头别着凉了。"

"回去？你是要我到坟墓里去吗？"哈姆雷特突然歪着脑袋，冷不丁这么一句，吓得这布洛尼斯老头后脑勺凉飕飕的，他想自己还是别再问了，再问也问不出什么东西，还惹得自己心里直发毛，还是让女儿奥菲丽娅来问问比较合适。

想到这儿，布洛尼斯连忙拄着拐杖离开了哈姆雷特。

看着布洛尼斯慌慌张张的样子，王子不觉好笑起来，"你这个坏家伙，早晚要来收拾你的。"想着，王子又恢复了他的痴狂样，依旧旁若无人地摇头晃脑读他的书。

这时，远远的，罗森格兰兹和吉尔登斯吞向着王子快步走来，两人显出久别重逢的那股子亲热劲儿，一左一右地拥在了王子的身旁，他们也顾不上王子那污浊的衣裤，很是亲密地紧挨着王子。

"我亲爱的王子殿下，我到处都找不着您，还记得我们吗，我是罗森格兰兹。"

"我是吉尔登斯吞啊！"

王子的表情不知是疑惑，还是漠然："你们？啊，我的好朋友们，你们不是在国外待得好好的吗？是不是做错了什么事？为什么要回到监狱里来呢！"

"监狱？"王子的话真让人迷惑了。

"对呀，监狱，丹麦是一所监狱，你们不知道。世界是一所很大的监狱，有很多的监房、囚室、地牢，丹麦是其中最糟糕的一间。"

"王子，你一定是被什么恶浊的东西蒙住了双眼，请您不要这样说了，这样容易带来祸患的。"罗森格兰兹心底里那份同情心被王子殿下无助的神情和满嘴愤慨的言词所激发。

"王子殿下，我们只是来拜访您的，没有别的原因，请相信我们。"

"哈哈，你们专诚来拜访我，你们的言语骗得了别人，你们的眼睛却瞒不过我，快说，你们究竟为何而来？是不是国王和王后安排你们来探听我的情况？"

王子的言语咄咄逼人，目光尖锐而犀利，两位家臣本来就心虚，这下更是脸色全变，心想王子是聪明人，瞒也是瞒不过了，如果执意不说，惹恼了他，做出什么不利的歹事，国王也不会管的，倒不如先顺从他。想到这里便低声招认："是的，我们是奉国王之命来的。"

果然不出王子所料，听到他俩的低声承认，王子心如刀绞，连这样亲密的朋友都可以为了金钱和权势背叛自己，这世间到底还有什么人可以相信呢！我一直以为除了霍拉修以外我还有两个亲密朋友，就是罗森格兰兹、吉尔登斯吞，我本想告诉他们我的真实感觉，我真是太幼稚了。

人心是很容易受到诱惑的。当我听到他们回国时，真的不知道有多高兴，兴冲冲来到王宫却见到两个没良心的赝品。王子只觉得自己的头胀得快要裂开，各种各样奇怪的思想和感情搅拌在一起，在他的脑袋里风车般地转啊转。

"天哪，这究竟是怎么一回事？"

罗森格兰兹见王子不言不语，脸上表情忽阴忽晴，忽而痛苦万状，忽而眉头紧锁，也不知道王子此刻到底是真疯假疯，到底心里头在想些什么。心想再旁敲侧击，又怕只会更加惹恼了王子，不如说点别的，也许王子还能念及旧情，不会对他俩生气。于是罗森格兰兹话锋一转，讲到了最近的一件喜事。

"王子殿下，有一班英国来的戏子就要到达我们丹麦国了，想必您会感兴趣的。"罗森格兰兹换上一副讨好的笑脸向王子说道。

"哦！是吗，他们不在城市里固定演出，怎么走起江湖来了。"王子的声音有些不屑一顾。

"嗨，今非昔比了，不过他们还是世界最好的演员，无论是悲剧、喜剧、历史剧、国剧、正宗戏和新派戏，他们都表演得很好，王子殿下，您一定会喜欢的。"

　　罗森格兰兹还在絮絮叨叨地说个没完，王子殿下似乎心里另有所想，他抬眼看了看两位家臣，一句话也没说，便漠然地走开了，剩下罗森格兰兹和吉尔登斯呑呆站在那儿，不知所措。

　　哈姆雷特默然无声地离开了王宫，他的心中有无限的怨恨，但他却不能发作，只好让它沉积在心底里慢慢地煎熬自己。无处可去的王子殿下，不由自主地走回了自己的住所，在门厅的长躺椅上坐了下来。他还是没有言语，他不知道自己可以说什么，他想叫唤，想呼喊，可是喉咙口像堵着什么似的发不出声来……

　　天色忽然暗了下来，阴冷的风从四面八方吹来，王子殿下用手捂着嘴巴惊异地向四处张望。门厅外，露天的阁楼忽然有亮光一片，他不由得起身走了过去。

　　"啊！"哈姆雷特王子殿下被自己所见的影像吓呆了。天空中，又见到了先王的影子，他怒目圆睁，凶神恶煞地盯着王子殿下。

　　"父王……"

　　"不要叫我——"那声音阴森得让人寒心，"你不是我的儿子，为什么不给我报仇……"

　　"我——"

"仇人就在你的面前，可是你却无动于衷——你不孝，你让我的灵魂不得安息。"

"父王，我也渴望早一日了却您的心愿，可是我有我的苦衷……"

才说到这儿，天气又大变，天空中的影像忽然脸孔变得扭曲起来，声音也凄惨极了："哈姆雷特——"

"父王你怎么啦？"王子殿下焦急地问道。

"哈姆雷特，为我报仇——"一声凄厉的叫唤划过长空。

"父王——父王——"

哈姆雷特王子在自己的惊叫声中醒了过来，原来是个梦，真是太可怕了。王子殿下一身冷汗，朝四处张望了一下，他甚至不相信这是一个梦。

王子不想再待在家里了，便起身理了理衣袍，便信步走出了王宫，漫无目的地走向海边，不知不觉他又走到了城楼下，想起那一夜与先王的见面。他不禁热泪盈眶，感慨万千。

"我到底是怎么回事啊！整日里垂头丧气，像是梦游一般，父亲被人谋杀了，明知仇人就在自己的眼前却不知该如何下手，我实在是个糊涂透顶的家伙。可是近来发生的事情又让我迷惑了。为什么除了我以外竟没有人站在我的身边，最忠实的朋友也背叛了我，最关心我的朋友也不再见我，难道是我错了，是我的心灵受到了蒙蔽？"

"那一日我的确见到了先王的亡灵，难道那是魔鬼的化身，挑唆我去杀害国王，破坏丹麦的和平，那我岂不是成了一个背叛陛下、杀害亲叔父的罪人了？啊，上帝，我的头脑乱得很，我想不明白。"

"父王啊，你若在天有灵，就请赐给您的儿子力量，让他看清这混淆的世事吧！"

王子在城楼下的墙边摇头叹息，百思不得其解，忧郁的神情又布满了他的面颊。忽然他想到了刚才罗森格兰兹的话，有一班英国来的戏子就要在王宫上演剧目。于是一个主意便在他的脑子里渐渐形成了，我得去找霍拉修，我得和他商量一下。

王子正想得入神，忽然一个身影朝他走来，吓得工了"唰"的一声拔出剑。

"王子殿下，是我，霍拉修。"黑影里传来轻声而清晰的话语。待走近了，王子定睛一瞧，悬着的心才放了下来。

"我正要找你来，你怎么来了。"王子惊奇极了，这难道又是神灵的安排。

"我到处找不着您，有点儿担心，猜想您可能会在这儿，便来了。"霍拉修一脸诚恳而关心地说。

"谢谢你，霍拉修，罗森格兰兹、吉尔登斯吞已经背叛了我，做了国王的帮凶了，你才真正是我忠诚的伙伴。"王子有点儿激动，言语间竟有点哽咽，"正好，我有件事要跟你商量一下。我听人家说，犯罪的人在看戏的时候，会为台上的表演而暴露内心的秘密，我知道有一班英国的戏子要来艾尔西诺，如果让他们上演与我父王惨死相仿的情节，一定可以探知国王的内心，如果国王看戏的时候神情泰然自若，那是我错怪了他；如果他的神情紧张、恐慌，那么凶手就一定是他了。"

王子清了清嗓音接着说道："我得安排一出戏让这批英国戏子来表演，霍拉修，这里头得有你的帮忙。"

"放心吧，殿下，需要我做什么，您尽管吩咐。还有，我知道这一批戏子里，有一些是我的同乡，或许用得上。"

"那最好，等我把剧本写下来，你悄悄地帮我安排他们排演，就说是王子殿下的命令，在出演那一天你得帮我紧盯着国王的神情然后向我汇报。"

"王子殿下，我会全力以赴，尽心做好的。"霍拉修一脸认真的神情让王子殿下很是安慰。

"好吧，我们在这儿待得太久了，分头走吧！"王子殿下望一望四周，让霍拉修先离开。

四处还是那么漆黑，早春的夜风还有点儿刺骨，但此时王子的心头却开始明亮而温暖起来，自从父王死后，他的心里一直闷闷不乐，见到了先王的显灵与暗示之后，内心更是充满了恐惧与不安，加上终日里装疯卖傻他已经身心疲惫不堪了，今天终于可以轻轻地松了一口气，因为真相大白，指日可待了。

想到这儿，王子的眉头不禁舒展开了，他的脸上充满坚定与勇往直前的神情，王子挺了挺胸，抖擞一下精神，便阔步向前走去，黑暗中那矫健的身影依然是那样的威武。

这些天，载着英国戏子的班船抵达艾尔西诺城，停泊在码头边，每天都有一些搬运工人从船上陆陆续续搬下戏服、演出道具。

每天，艾尔西诺城都像过节一般，人们已经很多年没有迎接这样的戏班子了，看着那一箱一箱从船上搬下来的演出道具，人们的眼神是又欢欣又喜悦，又向往又羡慕，每个人的脸上都洋溢着欢喜的神情，谈论的也都是有关戏班子的话题。

码头边上更是常常围着一大群一大群的孩子，他们笑啊，闹啊，好奇地看着忙忙碌碌的人们，兴奋不已。

"啊，看到了吗？这戏班子的道具还真不少呢？"

"可不是吗？演员就这么多了……咦，还有穿着戏服的呢，真逗！"

"你看，那个是演小丑的吗？怎么上蹿下跳尽是一些有趣的举动？"

"对呀，真有趣！"

"这可是英国有名的戏班子呀，听说带来了不少精彩的剧目呢！"

"还有，还有，国王和王后也会亲临演出现场呢！"

"哎呀，要是我能去看看该多好……唔，我得想个法子偷偷溜进去才是。"

"你们说，哈姆雷特王子殿下会去看吗？"

"那还用说，国王和王后都去看了，他一定也会去看的。"

"可是——不是说王子殿下疯了吗？"

"我敢跟你打赌，王子殿下一定会去的，即使他疯了。"

几个路边的看客七嘴八舌地讨论着，看样子十分兴奋，好像王宫里的事跟他们的家事似的，极为关注，而且还满口肯定的模样。

哈姆雷特王子还像以往一样整日疯疯癫癫，口出诳语，让人担忧，也让人害怕。当然这都是做给国王和那些坏蛋看的，每到夜深人静的时候，王子就躲在自己的小屋里拉下厚重的窗帘，不停地写啊，写啊，有时真的很累了，他也只是趴在桌上稍稍休息一下，因为父亲那种悲切的表情已经深深映在他的脑海里了，成了激励自己的动力。

他知道自己早一天写好，让剧目早一天上演，就可以早一天知道事情的真相，也就可以早一点了断他的心愿了。终日的劳作让王子瘦削得更加厉害，真让人心疼。

国王和王后还在时常为王子的病情担忧着，不过国王是因为心怀鬼胎才格外地害怕，王后却是出自母子真情的。

这几天，国王都在听着罗森格兰兹和吉尔登斯吞的汇报，但似乎没有多大的进展，只是知道王子每日的基本状况：似疯非疯，连他们也搞糊涂了。正巧，今天大臣布洛尼斯也在这儿，国王和大臣们又商量起这事了。

"罗森格兰兹，我看你们不能再这样婉转地探听了，总要有一些实质性的长进，你们得好好想想，有什么法子能快速地查明王子的真实情况，这件事不能再拖下去了。"国王有点儿着急又有点儿恼怒的样子，让两位家臣面面相觑又胆战心惊。

"我想，王子是承认自己有点精神迷惘，但是他始终不肯说出为什么，有时候他的话说得一本正经，有时又痴癫，真让人费解，他好像故意在糊弄我们，又好像真是那么一回事……"罗森格兰兹弓着身子，卑微地低声回答，他尽可能的斟酌字眼，不至于国王更加的生气。

"这样不行，这算什么结果呢？"

"国王，您别生气，我看还是用我的办法吧！"这时大臣布洛尼斯插话了，他仰着头，眯着小眼睛说，"还是得让我的女儿奥菲丽娅和王子再见上一面，就在王子常常踱步自言自语的那条长廊上，让我的女儿来问问话，我们可以躲在暗处不让他们察觉，看看王子是什么模样，也许那时会有他真实的表现。"

"那好吧，也只能这样做了。"国王想想实在别无他法了，便吩咐布洛尼斯快去叫奥菲丽娅进宫。

艾尔西诺城的春天虽然来得迟，但它毕竟慢慢地来了。河里渐渐有了汩汩的流水声，风也不似从前那般刺骨，虽然还有浅浅的冷意，但已经有了春天的味道了。

布洛尼斯大臣家的花园里，也悄悄有了春天的影子，光秃秃的枝丫一点一点地冒出了嫩芽，小草也露出了青青的叶儿。每天早上都有露珠在草叶上轻轻滚动，小鸟儿也开始唱歌了。春天似乎在让一切都变得美好起来。

对于奥菲丽娅小姐来说，这是一个让人开心的季节，四处欣欣然的景色，让她的心情也愉快了许多。因为不再与哈姆雷特王子见面，王子给她带来的恐惧感也在春天的景致里慢慢消融了。她常常坐在自己的窗前，看着窗外生机勃勃的景象，忍不住要歌唱。有时候在做一些针线活儿时的她也会被窗外翩翩的彩蝶给吸引，让她在那儿静静地待上好久。

哥哥到法国已经有一段时间了，经常也有信件寄来，上次还捎来了春天法国最流行的头巾，头巾上美丽的图案真是让她爱不释手。

哥哥很关心她的生活，常常讲一些处事的道理给她听，但这似乎对奥菲丽娅没有起什么作用，因为她的心灵是那么纯净，而且生活的简单，让她根本没有什么机会去体会哥哥所讲的一切，所以也就不怎么在意，倒是哥哥在法国的生活让她很感兴趣，她知道哥哥最近的剑术又大有进步，已经很得法国的剑术师傅赞赏了。

她觉得哥哥能够很出色，她也很欣慰。没法子，我们的奥菲丽娅小姐就是这样的单纯又可爱。

这一天，奥菲丽娅正坐在窗前冥思遐想，她的心情非常好，因为早上刚刚收到哥哥从法国寄来的信，还有一把漂亮的遮阳伞，哥哥的信是这么写的.

我亲爱的妹妹：

你好吗？

春天已经来临了，美丽的巴黎又是一片欣欣向荣的景象。这里的天气非常好，每天都是风和日丽的。大街上的夫人、小姐、公爵、侯爵们也都是衣着光鲜、神采飞扬。

你近来好吗？艾尔西诺的天气也转暖了吧，有没有外出踏青？我托回丹麦的客轮捎去一把今年巴黎最流行的小阳伞给你，希望在你外出之时能遮挡一下阳光。

我的剑术学习已接近尾声了，师傅说，以我的境界已经可以不必拜师学艺，只要自己多加练习再提高就可以了。这真是对我最大的夸奖，也是让我兴奋不已的消息，你一定也替我高兴吧！我想不久的将来我们就可以团聚了。

父亲大人好吗？哈姆雷特王子还来找你吗？我知道你是个乖巧的女孩子，会听哥哥和父亲的话的，这样我也很放心。

好了，先写到这儿，下次客轮返法时，记住捎来你们的消息。

爱你的哥哥：雷奥提斯上

奥菲丽娅还沉浸在信中描绘的种种美好情景当中，想象着哥哥在巴黎意气风发的模样。如果不是间或有些哈姆雷特王子的消息困扰着奥菲丽娅小姐，我们没有理由不相信她的生活会过得很美好……忽然一阵急匆匆的脚步声打断了她的思路。

"小姐，刚刚老爷派人回来说，让你立即到王宫里去。"女佣的脸因为赶路而涨得通红。

"有说什么事吗？"这突如其来的事情，让奥菲丽娅感到惊奇。

"没有，小姐，只是让您马上进宫。"

奥菲丽娅小姐当然有些不乐意，但是进宫可不是闹着玩的，既然有父亲的指示，那一定是重要的事，也许是国王吩咐的呢，也或许是王子的事情。一想到王子，奥菲丽娅又不觉有点儿伤心，多好的王子！怎么会变成现在这个样子呢？对，也许真是王子的事，我一定会尽力帮忙的，如果能让王子的疯病治好，哪怕付出我的生命，我也愿意啊！他是丹麦国的希望。想到这儿，奥菲丽娅连忙对女佣说："快替我更衣。"

因为要进宫，就有可能遇见国王，奥菲丽娅想应该装扮得仔细些，这样才显得尊重国王。所以她特意挑选了一袭鹅黄色的礼服，上面缀满了本色的蕾丝花边，配上奥菲丽娅那金黄色的卷曲的长发真是端庄极了，奥菲丽娅又让女佣给她稍稍上了点淡妆，这样会显得气色好些，也精神了许多。

等她装扮好之后，连平日里服侍她的女佣也连声赞叹："小姐，你今天真美啊！"

进了王宫，布洛尼斯连忙带女儿晋见国王和王后，王后是初次见到奥菲丽娅，这一见，奥菲丽娅的美貌也让王后赞叹不已。

"奥菲丽娅，你真漂亮！但愿你的美貌真是哈姆雷特疯狂的原因，也但愿你的美貌能够让他重新恢复正常。"

"王后，我也希望这样。"奥菲丽娅向国王、王后深深行了一个礼，回答了王后的问话。

"奥菲丽娅，今天让你进宫是要请你跟王子见上一面，这也许会帮我们发现王子的病根所在，我们就可以治好他的疯病了。治好了王子的疯病，我们会非常感激你的。"国王看着奥菲丽娅，顿了顿口气，"布洛尼斯，还是由你跟你女儿仔细说说吧！"

"是，国王。"布洛尼斯向国王行过礼，转身对女儿说，"来，奥菲丽娅，你就拿本书在王子常走的长廊上走走，我和陛下就躲在长廊帷幕后面，王子一会儿可能会过来。如果遇上了王子就上前同他说话，你尽量多问一些，这样我们好了解他心里想什么。"

奥菲丽娅是个很单纯的姑娘，她听了国王和父亲的话，便真的以为国王非常关心王子殿下，她非常乐意去做这件事，只要能治好王子殿下的病，让她在长廊上等候王子又有什么为难的呢？

国王让王后和家臣们都退下，然后一行人出了王宫向王子常常踱步的长廊走去。

"就在这吧，陛下。"大臣躬身说道，"让奥菲丽娅待在这儿好好读这本书，我们就站在这帷幕后，这样他们的一举一动，每一句话我们都可以听得清清楚楚……奥菲丽娅，你千万不能让王子疑心，你就当只有你一个人在这儿。还有一会儿，王子殿下过来了，你得好好问问他，看看能不能探听点什么。"

"是的，父亲。"

"我听见他的脚步声了，我们躲起来吧，陛下。"

偌大的长廊只剩下了奥菲丽娅小姐一人，她手捧着父亲交给她的书，站在柱子边上看了起来，远远的哈姆雷特王子跟跟跄跄的脚步声已经传来，不一会儿王子的身影就近了，依旧是污浊不堪的礼服，看得出所有的污渍都是刚刚才弄上的，头发里夹杂的草叶还是青青绿绿的。

奥菲丽娅的心一下子慌乱起来，她怜惜王子，见到王子这个模样她真是伤心。不过，今天如果能探听他内心的想法，也许真的能帮帮他。想到这儿，奥菲丽娅小姐深深吸了一口气，镇定了一下精神，迎了上去。

"王子殿下，您还好吗？"

王子殿下喃喃自言，似乎没有听到奥菲丽娅的问候，"是这样勉强活着，还是干脆死了呢，是顺从忍受，还是奋起反抗呢，我真是搞不清楚了。要是能死了或睡着就忘了，那多好啊！不行，死了睡着了还会做梦的。嗨，坏就坏在这儿，谁也不知道自己将会做什么梦，谁也没有死而复生的能力。如果梦里的情况更糟糕，岂不是让人更受煎熬，所以，还是只能眼巴巴地任由苦痛的折磨……咦，美丽的奥菲丽娅，你在这做祷告吗？一定记住请求上帝宽恕我的罪孽。"

王子像是突然发现了奥菲丽娅似的，大声地冲着她喊了起来。

"王子殿下，您还知道我，真好。王子殿下，我有几件您送给我的纪念品，我想该把它们还给您了。"

"什么？我可没有送什么东西给你，我不要，你还是自己留着吧！"王子似乎不想多加理会，自顾自地要往前走了，躲在帷幕后的布洛尼斯着急了，偷偷探出头来，用眼神暗示她。

奥菲丽娅连忙喊道："王子殿下，王子殿下……"

"小姐，你是在喊我吗？"哈姆雷特一副不以为然的神情，"小姐，你怎么还待在这儿呢，你赶快进修道院去吧！待在修道院里才能保证你的善良与纯洁，这个世界上，到处都是坏人，虽然我自己还不算太坏，可是也是有很多缺点的，你快进修道院去吧！这样才保险啊！你的父亲呢？"

"在家里，殿下。"

"哦，这样也好，让他待在家里好好发发傻劲吧！别老是出来招惹是非。"

"上帝啊！快救救他吧！"王子劈头盖脸地给奥菲丽娅小姐好一顿教训，还要让他父亲在家里发发傻劲。这真是让奥菲丽娅伤心，那个勇敢、善良、正直的王子真的疯了吗？否则怎么会对自己说出这样乱七八糟的话来？

他曾经是那么的英姿勃发，整个丹麦国的臣民都以王子为骄傲，大家都认为王子殿下会是丹麦国未来的希望。可是，现在的王子叫臣民们如何有希望呢？看着他迷迷糊糊的眼睛、满不在乎的神态、口中胡乱不清的言语，奥菲丽娅心如刀割。她悲哀地想，从前那个可以和他聊天说话的王子再也不会回来了。

王子的教训似乎还没有完呢，正当奥菲丽娅小姐独自伤心时，王子又说话了，"小姐，要是你不进修道院，你一定要嫁人吧！那我送一个诅咒给你吧，你要嫁人就嫁个大傻瓜吧！因为聪明的人都会变成怪物的，哈哈哈哈……"王子说完狂笑着离开了她。

奥菲丽娅小姐都快要昏倒在长廊上了，她的泪水夺眶而出，许久以来稍稍平静的心，被王子的妄语伤害得实在太深了。她怎么也难以接受这个出言不逊、疯疯癫癫的人，竟然会是一个月前还可以跟他谈谈文艺、谈谈哲学、温文尔雅的王子。

奥菲丽娅小姐在那儿暗自啜泣，上帝啊！我请求您帮帮我吧，帮帮哈姆雷特王子吧，别让他再这样疯狂下去了。快让他恢复成原来的高贵与善良吧！让我们丹麦的老百姓重新拥有希望吧！

　　国王和大臣从帷幕后探出了头，见左右无人便迅速走了出来。

　　"国王，你看，王子可是真的疯了，他连在我女儿面前也这般疯话连篇。他一定是受了恋爱的刺激，伤害太深，才这样的。"

　　"我也觉得不是假装的。但受恋爱的刺激？好像不是吧！他说的话虽然颠三倒四，可似乎又有其他意思，不行，我还是有点不放心。"多疑的国王虽然亲眼看见了刚才的那一幕，他还是顾虑重重。

　　"国王，你怎么还不放心呢，你看看他，一会要叫奥菲丽娅进修道院，一会叫她嫁给傻瓜，不是因为失恋是为了什么？"布洛尼斯因为亲眼看见了王子的言行，所以他的口吻是很有把握的。

　　"不，事情未必是那么简单的，我怕他有什么心事藏在心底，如果他是有计谋的装疯，那我们可就危险了。不行，我得把他送到国外一段时间，让他暂时和我们分开，也许在国外散散心，他的病情会有所改善的。"

　　"国王陛下，您真是考虑得周到。"布洛尼斯当然为国王的计划拍手叫好。其实国王是心怀鬼胎，他怕夜长梦多，王子在宫里多待一天，他也便多担心一天。如果不赶快把王子遣送到国外，他的心是一天也不能安定的。国王和布洛尼斯两人交头接耳，兴奋地切磋着，他们都忘了还有个奥菲丽娅独自在那边伤心流泪。

新戏上演

  英国的戏班子演了一出戏，谁知道才开始便惹怒了国王，赶走了戏班子。是什么戏让国王如此生气呢？当然，王子殿下是知道的，霍拉修也是知道的，戏班团长知道吗？可能有点吧！

  国王的阴谋，王子殿下当然不会知道。这些日子以来，他白天装疯卖傻，晚上就躲在屋子，偷偷地操心着剧本的事情，连日来的写作让王子更加瘦削下来，脸颊上的肉已经深陷进脸眶，本来炯炯有神的眼睛，因为疲劳而显得暗淡无光，而且在瘦削的脸庞上显得越发地大。

  "唔，恰当的台词还真是难找，我得加紧速度赶快写完，戏子们再有几天就要上演了。"昏暗的灯光下，王子披着薄薄的斗篷埋头苦写，他时而抓抓脑袋，时而冥思苦想，时而奋笔疾书，想到漂亮的语句，他还禁不住为自己叫好。

  夜已经很深了，四周静悄悄的。连平日里爱叫闹的虫子此刻也一声不吭了，王子似乎写得有点儿累了，他伸直了手臂，略略地舒展一下身体，这时门外传来沉闷的三声敲门声，王子一听就知道是谁来了，他低声说道："进来。"

门"吱呀"一声轻轻地被推开了，只见一个高大的身影走进王子的房间，待来人摘下蒙在脸上的头巾，才能看清他的脸面。原来是霍拉修，这么晚了他来做什么呢？

霍拉修恭敬地向王子行过礼，在王子的指示下，坐在了王子身旁的座椅上。

"王子殿下，你要保重身体啊！"才坐下的霍拉修看到哈姆雷特满脸的憔悴，不禁心疼起来。

"我会注意的，可是一天不查明真相，我就一天不能安心。霍拉修，戏班那边怎样？你都安排好了吗？"

"王子请放心，我都交代过了，找个合适的时间我会带戏班的团长来见您的，巧得很，他竟然是我的一个老朋友，现在只等王子的剧作出来，就可以交给他们排演了。"霍拉修真是个忠实的臣子，王子交代的事，他冒着生命危险办得妥妥当当，王子殿下禁不住拍了拍他的肩膀，"一切都拜托你了，霍拉修，你真是我的好兄弟。"

"您放心吧，我会小心的。"

"这是您写好的稿子吗？我可不可以先睹为快。"霍拉修指着书桌上的一堆稿子问道。

"是的，基本上快好了。你看吧！"

霍拉修欣喜地接过手稿，默默地看了起来。他越看越兴奋，两眼闪着光彩对王子殿下说："王子殿下，您写得太好了，简直不亚于一流的剧作家……不，比一流的剧作家还棒，他们都没有您这样深邃的思想，没有您这样真实的感受，要是找到好的演员，一定可以大获成功的。"

霍拉修的夸奖让王子有些不好意思，苍白的脸上竟有些泛红，"霍拉修，你这样夸奖，都让我感到羞愧了。"

"另外，还有一件重要的事，戏剧上演的那一天，你一定记得要仔细观察国王的表情，我还有其他的事要做，恐怕不能注意到。这件事不能有丝毫的马虎。"

"是的，殿下，我会记住的。"霍拉修边说边警觉地注意四周的动静，他轻轻撩起窗帘的布看了看夜色，"王子殿下，我得走了。天快亮了，您也休息一会儿吧！"说着他又蒙上来时的那块黑细布。这样谁也认不出这就是霍拉修了。

临出门的一刻，霍拉修又转过头来，"王子殿下，还请您多加注意，国王陛下是一刻也不放松警惕，他正四处安插奸细，打探你的消息呢！您要千万小心啊！"

"我会注意的，你也要多加小心。"说完便送霍拉修出门去了。

来参加艾尔西诺城演出的英国戏班子已经在王宫后面的一排

平房里安顿好了，这些天他们正忙着在王宫的大厅前搭台幕、布道具呢！到处是一派热闹的景象，这喜气洋洋的样子真是不亚于过年呢！

戏子们有背台词的，配合出演对角色的，忙得不亦乐乎。在这个戏子光景不好的年头里，能有丹麦国王的邀请出演，的确是一件让人兴奋的事，所以每一个人都显得格外卖力。

谁也没有注意到，穿着便服的霍拉修悄悄地来到了戏班子中间。他走到一个中等个儿，矮矮胖胖的男人身后，轻轻拍了一下他的肩膀。

"团长先生，忙得很啊！"

那个被称作团长的人回过头来，满脸惊喜地说："啊，霍拉修，怎么是你，我的老朋友，你怎么会在这里？"

"别忘了，我是丹麦国的家臣啊！"

"哎呀，老朋友相见真是高兴。要知道您在这儿，我早就去拜访您了，真是失敬、失敬。对了，今晚到我那儿，我们好好喝上几杯，叙叙旧。"团长表现出极大的热忱，的确，能在异国他乡碰到自己的老朋友，这是一件多么令人高兴的事。

霍拉修和团长紧紧拥抱了一下，说："那没问题，我一定会和你痛快地喝上几杯的。不过，今天我是有事请你帮忙的，这样吧，等你办完事，到我家坐坐，我们叙叙旧。"

"那没说的，你等一下，我把事情交代好，就可以走了。"

说完团长连忙去安排他属下的工作，而霍拉修则站在一旁静静地看着他们忙碌。

现在已经是春天了，天气暖融融的，阳光也很温柔，特别是在午后，晒得人都有些慵懒。霍拉修看着忙碌的戏子们，觉得他们的生活也不失为一种快乐，快乐地四处漂流，快乐地到各地演出，在戏台上过各种各样的人生。这比起平常人只有一种选择似乎也有趣很多。

不一会儿，霍拉修还在想得出神，团长已经交代完手中的差事了，他亲热地拉着霍拉修的手，两人像兄弟一般走出了王宫。

霍拉修的领地在威登堡，所以在艾尔西诺城只有一座土木的大房子作为暂时的居住地。这座木质结构的大宅在临近海边的小山坡上，依山傍海。白天黑夜都有极好的景致，只是因为住的时间不多，所以屋里的陈设相当简陋，除了一些必备的家具外，豪华的装饰品几乎一件也没有，家里的仆人也不多，只有一个做杂工的男仆和煮饭、清洁的女佣。霍拉修和团长回来的时候两个仆人都在门外恭敬地迎候主人。

进屋后，霍拉修对团长说："这只是我在艾尔西诺的暂住地，所以太简陋了，请您别见怪，如果有机会到威登堡我一定请你在我的庄园好好住上一段日子。"

"哪里，哪里，霍拉修您太见外了不是。见到你这个老朋友，我已经很高兴，还蒙您的邀请，我已经很满足了。"

"我家的女佣菜做得很好，一会儿，我们来个不醉不归。"

"没说的。"团长的兴致看来比霍拉修还高。

霍拉修叫仆人搬出美味的好酒，煮上几个可口的特色小菜，便和团长你一杯我一杯地喝起酒来。

春季的白天还是很短暂的，不一会儿四周就是黑蒙蒙的一片了。四处也开始安静下来，远处的海浪声开始一点一点地传了过来。美酒与佳肴让两个久违的朋友开始有点醉意了，这样的状态真好，让人有点儿轻飘飘的，浮想联翩。

当夜幕完全降临时，霍拉修叫过来一个仆人，悄悄在他耳边说了句什么，仆人就走了。

这时，霍拉修正了正神色，对团长说："团长先生，今天有位重要的人物想见你一面，我已经让仆人去接他了。"

"是谁啊？你这么郑重其事。"团长忽见霍拉修的一本正经，顿时觉得有点儿奇怪，立即也清醒了许多。

霍拉修稍稍停顿了一下，才轻声说道："是哈姆雷特王子殿下。"

"就是那个武艺高强、博学多才的哈姆雷特王子？我已经仰慕他很久了，一直没能见上一面，这么说今晚我就可以见着了。"

正说着，仆人已经高举火把站在门外了。霍拉修连忙出门迎接，团长也低着头跟在后面。

可能是为了夜间出行方便，王子今天的着装非常简单，一袭紧身暗色的便服，外加一件小夹衣，头上戴着一顶扁平的小礼帽，干净、整洁、精练的模样。乍一看很难认出是王子，还以为是哪位家臣的贵族少爷呢！

王子与霍拉修点点头算是打过招呼，他径直走到团长面前，亲切地拍拍团长的肩说，"来，今天我们随便聊聊，你也不必拘礼。"

团长唯唯诺诺地点着头，却始终有点儿害怕的样子，低着头老半天不敢抬起头来。这时霍拉修也说话了，"团长，王子是个很好亲近的人，你别太紧张了。"3个人便围坐着开始了谈话。

"团长，我们有件事情要请你帮忙，不知道你肯不肯答应。"霍拉修首先开了口。

"帮忙？帮什么忙？我是个戏子，只会演戏，其他可全都不会啊！不知能帮王子殿下您什么？"虽然事先霍拉修有提到帮忙的事，但在未明说之前团长还是有点儿纳闷。

"这很简单，我就是要你演戏。"王子插话了，"霍拉修，把它拿过来。"在王子的暗示下，霍拉修从屋里拿出了一个本子，那是王子事先让他保管的剧本。"我要你看看这个东西，然后告诉我可不可以帮忙。"

团长接过剧本便翻开阅读起来，一页、两页、一章、两章，团长似乎越读越兴奋，两眼泛着光芒，脸色也越发的红润。当他一气读完时，禁不住说道："太棒了，这是谁的剧作，如此吸引人，我想排演出来一定很精彩。"

见了团长如此反应，霍拉修与王子相视一笑，看来这个忙，团长是一定帮得上了。

"团长，我就要你排演这一出剧，在给国王献演的第一天演出，你看有问题吗？"

"王子殿下，没问题，包在我身上，距离演出还有3天时间，足够我们排演的。您放心，我们团里的演员在英国都是数一数二的，迅速出演是绝对没有问题的。这么好的剧作，对于我们来说也是极难得的，不瞒您说，见到这么好的剧本我恨不得马上将它排演出来，王子殿下不介意的话我想立即就着手准备。"团长似乎比王子还着急，借酒兴他竟急着要去排演了。

"好吧，你先去准备也好，记住一定要准时出演。"

"王子殿下，您请放心吧！"团长极为自信地说，"霍拉修，我的好伙伴，我先走了，有空我们继续喝酒。"

霍拉修仆人送团长一程，团长先行离开了。哈姆雷特与霍拉修也为着今天的顺利干了一杯。

"一切都进行得挺好的吧，霍拉修。"

"是的，王子殿下，您就等着瞧吧，会有一出好戏的。"两人会心地相视一笑。

戏班子紧锣密鼓地排演着这一出新戏，为了宣传效果，还悄悄向外界发布了上演新戏的消息。当然剧作者谁也不知道，只知道新剧会在整个演出的头一天第一场进行，这更加增添了这部新剧作的神秘感。

霎时，整个艾尔西若城又是一片沸腾，大家奔走相告这一激动人心的事。虽然很多人根本不可能有机会欣赏到王宫里的演出，但是能聊一聊这新鲜刺激的剧作也是件让人兴奋不已的事啊！

演出如期进行，这一天王宫里张灯结彩，王宫里的戏台子也布置得金碧辉煌，格外地眩目。场内早早就挤满了有资格观看演出的家臣们，他们兴奋地议论着，脸上满是自豪的神情。各位家眷、嫔妃、女官们也打扮得一个比一个漂亮，一个比一个耀眼，像是一场盛大的选美赛事。大家很快找到各自的座位入座了。

国王和王后的座位在中间，面对着戏台，此刻他们还没有到场。霍拉修有任务在身，所以挑选了一个斜对着国王的座位，这样他就可以不动声色地观察国王的表情，而谁也不会注意到他的。

王子的座位就在国王的旁边不远处，霍拉修已经早早吩咐好中尉和少尉，王子的安全是由他们来负责。这不，虽然好戏尚未开场，他们已经聚精会神地站在王子的座位旁，如果谁有什么不轨的举动，他们一定会奋不顾身地冲向前去的。

过了一会儿，人群里一阵骚动，有人轻声传说："国王来了，国王来了。"

大家便起立迎接，果然只见前面4位侍卫开道，国王、王后缓缓地从王宫里走了出来，跟在身后的当然是老臣布洛尼斯，还有几位朝中的爱臣。让王子意外的是今天奥菲丽娅小姐也同她父亲一同出来的，她今天穿的是一袭粉紫色的长裙，衬着她的白皙的皮肤真是好看。

待国王入座后，所有的家臣也跟着坐了下来。这时，王子的疯病又发作起来了，他歪歪斜斜地走到国王面前。

国王见他这个样子，只好故作慈爱地问道："你最近好点了吗？我的孩子。"

"啊，很好，很好，我像变色龙一样生活，你们稍作等候就会明白了。"

王子的话当然没人能听得懂，但国王的脸色明显变得难看，不再言语了。

王子似乎不够过瘾，又跑到罗森格兰兹和吉尔登斯吞那儿，扯扯这个的礼服，拨拨那个的帽子，再冲他们做了一个鬼脸。这两位家臣一直奉守国王的指令监视王子的举动，今天当然也不例外，但碍于王子的面子，他们的举止又不可以太明显，王子这样捉弄他们，他们也只好苦着脸赔笑。

王子殿下自然也不会忘记在这个时候拜会一下奥菲丽娅小姐，因为他已经猜到国王与大臣布洛尼斯似乎把奥菲丽娅小姐当做一张试探他的王牌，所以只能委屈她了。王子尽管不愿意，可是没有办法，只好暂时牺牲她了。

"噢，多美的小姐啊，你从哪儿来的，我怎么不认识你啊？"

"王子殿下，您在开玩笑吗？前几天你还和我见过面的。"

"开玩笑，是吗？对，为什么不呢？你看，我母亲多高兴，我的父亲死了还不到两小时呢，她不是一样笑得很开心吗？人就该说说笑笑嘛！"

"殿下，先王已经去世4个月了。"

"4个月，怎么可能呢？有这么久了吗，哦，那我也可以去裁件新衣裳，开开心心地去看戏了。"王子一边说着还一边比划起他的衣服来。

看着王子的胡闹，在场的家臣、侍卫们有的忍不住要笑了。

但是，国王、王后都在，谁也不敢笑出来，所以很多人都掩着口鼻强忍着，那模样真是痛苦。整个演出大厅里便有了一些低低的奇奇怪怪的声音。好在一阵悲凉的笛声幽幽远远地传来了，这是新戏要开始的前奏曲。立即，整个演出大厅里一下子变得鸦雀无声，先前想笑的人们的注意力也马上转到了台上。

这时，王后连忙对哈姆雷特说："来，孩子，坐到我的身边来吧！"王子果然安静地坐在王后身旁的座位上。

"国王、王后、各位大臣们，请注意，今天上演的是一部新戏，演得不好请大家多多批评指教。"报幕员读完极短的开幕词，也不报上戏名便退下了，让人有点儿奇怪，但又格外吸引人。

报幕员退下后，一阵悠扬的音乐传来了，厚重的帷幕被拉开，戏台被布置成一个花园的样子，园子里有树、有花、有栅栏、有小路、有喷泉、有假山，幕后还有蝶儿、蜂儿、鸟儿的歌唱在伴奏，整个戏台上是闹哄哄的春暖花开的景象。

这时两位演员上台了，看得出是夫妻俩，身上是公爵和公爵夫人的打扮。公爵大约50来岁，是个美髯公，有花白的络腮胡子，浓眉大眼的，双目炯炯有神。他穿一件暗色的上衣，深色的裤腿上还保留着行伍出身的习惯——绑着绷腿。他在外衣上套了一件深灰色的斗篷。虽然已经年近半百了，但威武的样子还是很让人敬仰的。

公爵夫人也是一身华丽的打扮，虽然是上了年纪的人，可是保养得非常好，脸上的皱纹也掩饰得非常巧妙。她穿了一件橘红色的上衣衬着脸色显得更加红润。

公爵拉着夫人的手，感慨万千地说："转眼间30年就过去了，这30年都是在枪林弹雨里度过的，没能时常陪伴在你身边，让你受委屈了。不过，现在总算能够停止战争，老百姓也能过上安居乐业的生活，所以我的内心还是很自豪的。夫人，一眨眼间我们也都老了，我要在接下来的日子好好补偿补偿你，让你不再孤独、寂寞。"

"不，您别这么说，我的心里可从没有任何的抱怨。你为了国家、为了人民的幸福，整整辛苦了30年啊！30年的岁月让我们的黑发变成白发，让皱纹偷偷爬上我的面颊。可是夫君，我们还可以有30年长相厮守的时间，我们可以天天像这样漫步在花园里，享受春天的美好。只是近来你的身体也不太好，老是让我担忧。"夫人的脸色看上去是那么忧愁。

"夫人，你也别过于忧虑了，只要我们能相守一天，我就要给你一天的幸福快乐。"公爵爱怜地看着妻子，"如果，真有那么不幸的一天，留你一人在这繁华的世界，你会再嫁给一位如意郎君的。"

"夫君，你不该这样说，我不是那样无情的人，如果那样我是会遭人唾弃的，我又怎么对得起地下的生灵呢？"公爵夫人急切地表白着，那神情恨不得立刻发下一个毒誓，以让公爵相信她的真心。

公爵的话让夫人多少有点儿安慰。的确，夫君的连年征战，让孤寂的她没有丝毫的心情来关心园子里的美景。于是公爵与公爵夫人手牵着手，饶有兴趣地看看这儿看看那儿，那美丽的花、草、假山、喷泉连同春天的气息确实让公爵和公爵夫人有着无比放松的感觉，但不一会儿公爵便有点儿疲乏了。

"夫人，你瞧这太阳多暖和，我都有点儿困了，你先回屋去吧，我在这树下休息休息。"公爵指着园中一棵繁茂的大树对夫人说。

"好吧，我一会儿再来叫醒您。"

公爵等夫人走了以后，便侧卧在树下，巨大的树冠正好为公爵遮挡住阳光，公爵用一只手臂曲着作枕头，不一会儿便轻轻地发出了鼾声。这时，园子里静悄悄的，小鸟儿也不唱歌了，偶尔有一两声小小的昆虫鸣叫声，和着公爵的呼噜声和谐极了。

戏演到这儿，台下的观众们似乎还摸不着头绪，实在不懂这故事要如何发展，观众席里便传来了"嗡嗡"的交谈声。

国王也说话了，像是自言自语，又像是在问话："这出戏到底讲些什么？有没有什么要不得的地方。"

"哦，没事没事，他们只不过是开玩笑毒死了一个人而已，没什么要不得的。"哈姆雷特王子听到国王的话，立即热心地接上话来，"国王，告诉您这出戏叫《捕鼠机》，呃，怎么说呢，其实也只是个象征的名字，故事虽然讲的是谋杀案，但对于您和我们来说没什么了不起的，我们都是清白的嘛，让那些心怀鬼胎的家伙担心害怕去吧！"

这时，台上又出现了一个人物，他的身上也是一副公子王爵的扮相，但是长得鼠目贼眼，一上台就在花园里东张西望。王子解释道："这位是公爵的侄儿，叫琉西安纳斯，国王，您专心地看吧！"

只见琉西安纳斯走到树下躺在公爵的身旁，看了看，又四处张望了一下，自言自语道："真是天赐良机啊，得来全不费工夫啊！"

琉西安纳斯先试探着喊了几声："伯父，伯父……"

没有回答，他又轻轻推了推公爵，还是没有反应，看来公爵睡得太死了。琉西安纳斯悄悄从怀中以了一个小瓶子，里面装满了一种绿色的液体，"哈哈，我等今天已经等了十几年了，为了承袭爵位，为了你的财产，我受了多少委屈，今天我就送你见上帝吧！"

琉西安纳斯说到这儿，果断地拔开了瓶塞，将液体慢慢地倒进公爵的耳朵里，他边倒边恶狠狠地说，"这可是我半夜三更偷来了毒草又花了心血熬成的毒汁，再加上女巫的咒语足足读了三天三夜，伯父要想醒来恐怕真的很难。"

琉西安纳斯嘿嘿奸笑了两声便起身偷偷离开了花园。

看到这里，王子又插说了："这个琉西安纳斯为了夺权夺财毒死了他的伯父，再往后，你看他怎么娶了他的伯母的。"王子边说边偷偷看了看国王的脸。

国王的脸色已经变得非常难看了，好像在强忍着什么，眼里是怒气冲冲的神情，又好像很恐惧的样子。王子正想继续说点什么，忽然国王"嚯"地站了起来。

"怎么啦，陛下，你不舒服吗？"王后在一旁紧张地问道。

"不要再演了，不要再演了，你们给我滚。"国王勃然大怒，甩手就走。王后连忙起身，跟在怒气冲冲的国王身后。大臣布洛尼斯自然也跟着国王的话，大声喊着："停止演出，演员都撤下来。"然后紧走快赶地跟着国王走了。

顿时整个演出场地像炸开了锅，所有的人站的站，坐的坐，闹哄哄的，甚至有人在嘀咕："挺好看的嘛，怎么才开始就不演了呢？真扫兴。"

演员们更是吓坏了，他们不知道什么地方出了错，惹得国王如此生气。于是赶快放下了帷幕，从舞台上跑了下来，三个一堆，五个一群地交谈着。

趁这混乱的时候，哈姆雷特王子连忙跑向霍拉修低声而激动地问道："怎么样，你看清楚了吗？"

"王子，我看得很清楚，国王非常的生气，也非常的害怕，特别是演到下毒的那一段，国王的脸色真是难看啊！"

"是惨白的？还是通红的？"

"总之是很恐怖、很愤怒的表情。还有，那个大臣布洛尼斯看来也有份，他的神色也是非常不自然，坐在那里动来动去，有些惶恐不安，到了后来索性假装打起瞌睡了。"

"看来这是真的了，那天夜里我们所见的亡灵真是父王了，虽然他们没有亲口招供，但他们的表情已经暴露无遗了，不过霍拉修你还得帮我，我们还有很多事情需要做，现在不是说话的时候，晚上我再去你那儿。还有，戏班子那里，你帮我多赏些钱给他们。演员们肯定都吓坏了，让他们遭受这种无妄之灾我真有点过意不去，想好好感谢他们。就这样吧！"

王子与霍拉修快速而低声地交谈了几句，谨慎地看了看四周，然后两人迅速地分了开来。

大厅里的人渐渐散去了，演员们也开始收拾舞台和道具，他们这一次可是遭了殃了。这一次丹麦之行也就到此为止了，更担心的是国王会不会加罪于他们呢？

王子因为已经解开了心中的疑团，顿时心情舒畅极了，他甚至满脸笑容地看着四周嘈杂、混乱的人们。同时，内心深处另一种仇恨之情像火焰般燃烧了起来。

王子正准备离开演出厅，却见罗森格兰兹和吉尔登斯吞一前一后急急忙忙地向他走来。

"殿下，您还在这儿，请允许我跟您说句话。"吉尔登斯吞说。

"好啊，你可以从头到尾全讲给我听呀。"王子见这两个坏家伙又来了，索性想逗逗他们，便又耍起性子歪着脑袋似乎饶有兴趣地等着他们说话。

"殿下，国王离开这儿之后，非常不舒服。"

"哦，是不是同往常一样喝醉酒了呢？他常常这样的嘛！"

"不，殿下，国王在发脾气。"

"他发脾气，那你们找我干什么？"王子装着奇怪的样子看着两位家臣，"他发脾气，你们该找医生去看看他，来找我不是更惹得他生气啦，说不定发大火呢！"

两个家臣见王子又是一副疯疯癫癫的样子，很是着急，却又害怕国王责怪他们办事不力，又担心王子的举动要招惹来更多的麻烦。说到底，他们毕竟是同王子从小一块长大的，加上这些天来的接触，孩提时的感情又在一点一点地恢复。

他们都有着一颗善良的心，实在不愿王子有什么过激的言行，这样他们既可以保持与王子的友谊又不至于遭国王的谴责。但此刻王子的态度真让人有点儿难以接受。

"王子殿下，我的好殿下，请您说话谨慎一些，我们也不愿意您有什么不好的遭遇。"两位家臣恳求地说。

"我的话又怎么了？如果说是那出戏惹恼了国王，这可就奇怪了，那出戏跟我，跟国王，跟我们大家又有什么相干呢？那是发生在奥地利的故事，只是一个故事嘛，值得发那么大的火吗？真有趣，哈……好吧，我听话。我会注意的，你说吧，还有什么呢？"

王子的狂笑真让人捉摸不透，但两位家臣也不好再要求什么，吉尔登斯吞小心翼翼地说："王后离开大厅以后也很不高兴，她就叫我来，请您在睡觉以前到她房间跟她谈一谈。"

"是吗，她心里也十分难过是吗？你让她放心，我会过去的，只要她是我母亲我就得遵命，对吗？"王子一副不太对劲的样子，嘻嘻哈哈地说着。

看着王子殿下的神情，罗森格兰兹似乎很惋惜地说："王子殿下，我们曾是那样的友好，可是现在……"

"唔，我们现在还是好朋友呀，我还是像从前一样热爱你们啊！"王子说着就要张开双臂拥抱一下罗森格兰兹了，但谁都听得出，也看得出，王子的话里多少带点讽刺，举止之间并没有真诚的表现，谁让两位儿时的伙伴那么轻易就成为国王的帮手呢，王子再也不可以心软了。

罗森格兰兹听了王子的话，心里有点儿不痛快，但这是没有法子的事，他想了想说："好殿下，究竟是为什么，你不肯把心里话告诉你的朋友呢？国王陛下始终不肯相信你是真的疯了，如果殿下您是因为不满足现在的地位，那么国王已经许诺将来王位肯定要由您来继承，您还不放心吗？现在毕竟是国王统治全国，谁要是不服从就必然遭殃的，王子您还是安静一些吧！"

面对罗森格兰兹的滔滔不绝，王子并不为其所动，他的眼睛自始至终没有正眼瞧过罗森格兰兹。3个人正这样僵持着，一个乐工拿着短笛从他们身边经过。

"喂，把你的短笛给我瞧瞧。"王子喊住乐工，对两位家臣说，"你们退后一点，为什么你们老缠着我，千方百计要探听出什么呢？一定要把我逼进你们的圈套才甘愿吗？"

"殿下，您言重了，如果我有什么地方冒犯了您，还请您多原谅，我是因为太关心您啊！"吉尔登斯呑见王子有些恼怒连忙申辩道。

王子不加理会，把短笛递给了吉尔登斯呑："来吹吹这支笛子，看看是多么美妙动听的声音。"

"不，殿下，我不会吹笛子。"

"啊，吹吧，很容易的。"王子硬是把笛子塞到了吉尔登斯吞的手中，"这跟说谎一样容易，你只要用手按住这些小孔，吹一吹就会发出声音来的。看，这些都是音栓。"

王子边说边笑着用眼瞟了瞟吉尔登斯吞，吉尔登斯吞的脸霎时红到耳根子，一脸的尴尬，无法用语言来形容。王子根本不理会他的难堪，继续说，"你们以为打探我的内心就像吹这笛子吗？从高音试到低音，一个接一个来就可以了吗？即使你们会吹响每一个笛音又有什么用呢？你们能让它变成美妙的旋律吗？就算你们探听出我的点滴语言又有什么用，你们体会得了我的真实感受吗？"

王子的话咄咄逼人，不给罗森格兰兹和吉尔登斯吞丝毫喘息的机会。看着他们窘迫的样子，王子打心眼儿里觉得痛快。

这时布洛尼斯大臣拄着拐杖从大厅的门外进来，他花白的胡须因为走得太急了，而紧紧地贴在胸前。

"王子殿下，王后请您立刻去见她。"布洛尼斯走近王子，向王子行过礼，同时向两边家臣摆摆手示意他们走开。

"王后这么急着要我去干什么。"王子好像不乐意了，摆弄着他的笛子，眼睛却看着远处的天空。

"王后请您到她的寝宫说说话。"

"说话嘛，不着急，什么时候都可以说。哎，你看见远处那片云了吗？你看呀，它像不像一头骆驼啊？"王子似乎没有理会大臣，忽地冒出一句话来。

"像，像极了，像一头骆驼。"

"咦，怎么又变成一只鼠。"

"是啊，看久了确实像一只老鼠。"

"不对，不对，它应该像鲸鱼吧！"

"是，非常的像一只鲸鱼。"

王子不着边际地东拉西扯，自顾自地在那儿踱来踱去，布洛尼斯也心不在焉地与王子一呼一应的，其实他心里真是又着急又为难，王子看来真是有点不正常。

"你走吧，你们都走吧，让我自己待在这儿，母后那里，我一会儿就过去了。"王子像是不耐烦了，挥挥手赶几个家臣先走，然后独自一个待在那儿，似乎若有所思，接着又拿起短笛有滋有味地吹了起来。

王子的心情就像这短笛欢快的声音，他的心里有一个声音对另一个声音说："哈哈，机会来了，你现在终于可以确凿地相信那个亡灵就是先王了，你可以开始为先王复仇了。"

另一个声音说："是啊，终于放下我心中的巨石，我现在只有一个目标了，就是了却先王的心愿，决不放走一个凶手，你等着瞧吧！"

罗森格兰兹、吉尔登斯吞和布洛尼斯3人离开王子后径直至了国王的寝宫，国王此刻仍旧怒气未消还在发脾气，宫女们都躲得远远的，一个也看不见。

"怎么回事，到底是怎么回事，怎么会上演这样一出新戏，是谁在搞鬼？"国王喝着烈酒，歇斯底里地狂叫着，"不行，得把这事给解决了，不能再留下这个祸害。"

"国王，要不找个罪名将王子赐死，或者趁他不注意下药毒死他。"

"不行，这样别人会怀疑的。"

"那该怎么办？该怎么办？"

"布洛尼斯，你快说有什么办法？"

布洛尼斯转动狡黠的小眼睛说："国王，您忘了吗，您不是要送他到国外去吗？"

"啊，对、对，我都忘了。我真讨厌他，我不可以再让他这样闹下去了，罗森格兰兹、吉尔登斯吞，你们快快准备一下，我马上叫人办好文书，你们和王子立即起程到英国去。他在这儿多待一小时，对我就多一小时的威胁，我不能留他在这儿了。"国王喝光了酒，摔掉手中的酒杯发疯般地咆哮着。

"我们立刻去准备，陛下，您的顾忌不无道理，王子继续疯闹下去会影响许多人的安危的。"

"你们去吧，快去准备。"

"是，陛下。"罗森格兰兹和吉尔登斯吞接过国王的指令，立即回家准备去了。

国王的怒气还是难以平息，他像头困兽在屋子里不停地走动，手里抓到什么就扔什么，大臣布洛尼斯在一旁看着国王的样子欲言又止。

"布洛尼斯，你有什么话就说吧！"

"国王，刚才王后叫臣下喊王子到她的寝宫，他们有话要说，我想现在就去躲在王后的屋子里，听听他们讲些什么。我想，王后一定会好好教训一下王子的。不过，母亲对自己的儿子总会有些偏心，所以最好我躲在一边听他们的谈话。我想一定可以探听到这件事的内幕的，在您就寝前我会再来一下，向您汇报情况。"

"布洛尼斯，你真是我的好臣民。那你快去吧！"国王看着布洛尼斯走向王后的寝宫后，仍旧在自己的屋子里不停地转来转去，他的头脑乱成了一团，内心的恐惧上升到了极点，轻易的处决王子是不可能的，害死他更加不可能，国王的内心丝毫摆脱不了这种恐惧感给他造成的压力，送王子离开艾尔西诺城还得要一段时间，这些时间简直要让国王度日如年了。

国王正独自一个人烦恼着，王子经过这里看到了一切，在他的眼中此刻的国王就像魔鬼一般恐怖，不，比魔鬼更加可恶。他真想此刻就冲进去一剑结果了他，送他上天堂算了。

可是转念一想，这样岂不是太便宜了他吗？国王谋害了先王，我却送这杀人魔王上天堂，简直是以恩报怨，我得寻找机会，寻找一个更残酷的机会，让我的仇恨可以淋漓尽致地发挥出来，让父王在天之灵早早安息。

大臣之死

布洛尼斯已经先行一步到达王后的寝宫了，他对王后添油加醋说了一番王子的不是："王后，王子就要来了，您一定得好好说说他，他的这种狂妄的态度实在是有点过分了，叫人无法忍受，要不是王后您一直在替王子说话，国王早就对他大发雷霆。我现在就悄悄躲在这儿，一会儿王子来了，您得对他严厉一点，说得重些。"

这时门外传来了王子的叫声："母亲，母亲。"

王后连忙叫布洛尼斯躲到帷幕后，然后坐在床边，像什么事也没有发生一样。

"母亲，您找我来有什么事吗？"王子大大咧咧地走进了王后的房间，满脸不乐意的样子。

"哈姆雷特，你已经惹得你父亲很生气了。"

"母亲，您已经惹得我父亲很生气了。"

"来，来，来，不要这样胡说八道了。"

"去，去，去，不要那样胡说八道了。"

王子像逗趣一样，王后说一句，他就学一句，惹得王后都有点儿恼火了。

"哈姆雷特，你怎么了，你不知道我是谁吗？"

"哦，我发誓，我可没有忘记你，你是王后，你又是你丈夫的兄弟的妻子。对了，你还是我的母亲，你看我有忘记你吗？"

王子边说边逼近了王后，王后十分吃惊，不自觉地站了起来，她有些语无伦次地说："哎哟，你都说了些什么，我还是去叫那些会说话的人来跟你讲吧！"

"来，母亲，你别动。"王子双手按住王后的肩膀，让她重新又坐了下来，然后走到梳妆台前拿了王后的大铜镜端端正正举在了王后的面前："不要动，不要动，你好好照照镜子吧，仔细看看你的灵魂，你会知道我要做什么的。"

王后被王子的举动吓坏了，惊恐万状失声喊了出来："你要干什么，你要杀我吗？……啊！来人啊！救命啊！救命啊……"

这时躲在帷幕后偷听的布洛尼斯也吓坏了，跟着大声叫喊起来："救命啊！救命啊……快来人啊！"

"是谁？谁敢躲在这，简直是不要命了。"

王子一听王后寝宫的帷幕后竟然有人躲在里面，偷听他们的谈话，他简直愤怒到了极点，他想也没想"唰"地拔出剑直往帷幕里刺去。随着"啊"的一声惨叫，帷幕霎时被喷涌而出的鲜血染得通红，"扑通"一声布洛尼斯从帷幕后倒了下来，满脸痛苦、双目大睁地倒在了哈姆雷特王子的脚下。

"原来是你这只恶毒的大老鼠，活该，你这是自寻死路。"

这时门外"乒乒乓乓"赶来了一大批士兵，个个刀剑在手，一副冲锋陷阵的样子，大家站在王后寝宫外，见王子手持长剑，剑上的鲜血还没有凝干，吓得谁也不敢动一下。

中尉和少尉也混在士兵中赶来了，他们担心王子的安危，如果有谁敢向王子动手，他们会挺身而出。

王子的脸色也是惨白，不过还算镇定，他转过身对士兵们说："没什么，不过是杀了一个出没国王寝宫的老鼠罢了，来啊，快把这尸体拖走，免得横在这碍手碍脚的。"

王后已经被吓得许久没有了声音，跌倒坐在床边，也不停地颤抖着，她结结巴巴地好不容易讲出一句话："啊……多可怕的事。"

"可怕，我的好母后，这和杀了国王再去嫁给他的兄弟又有什么两样呢？"王后听到哈姆雷特的话，疑惑地看着他，王子继续说到："母后，我可以告诉你这件事，这布洛尼斯只是个替死鬼，他是个倒霉蛋，我还以为躲在这后头的会是国王呢，也许他命该如此。这件事你迟早都会知道的，但是必须答应我，国王问起这件事，你一定不能说我是在装疯，不是真疯。还有今晚布洛尼斯大臣的死，你必须准备一个理由去回答国王询问。"

"好吧，我答应你，只要我活着，我便不会泄漏你对我所说的一切。"虽然王后不明白到底发生了什么事情，但她看着王子严肃的神态和坚定的语气，她想这其中一定有非常重要的原因。

"还有，母后，我必须到英国去，这件事你知道吗？"

"唉，我差点忘了，这件事国王已经决定了。"

"那我只好遵从命令了。我已经听说会有两个家臣陪我一块儿去。"王子看了看王后，两眼炯炯地说："我会时刻小心他们的，我倒要看看他们有什么能耐，能把我怎么样，也许这会是个极有趣的游戏的，你等着瞧吧！晚安吧，母亲大人。"

说完这些，王子理了理衣帽，将血迹斑斑的长剑擦干净挂在腰间，然后挺起胸膛像个出征的将士，昂首阔步地走出了王后的寝宫。

士兵们遵从王子殿下的指令将布洛尼斯的尸体拖了出去。这可怜的布洛尼斯生前作恶多端，结下了许多宿怨。士兵们对他也是颇为厌恶的，所以他的死非但没有人伤心或替他说上两句好话，反而有人暗暗叫好。所以士兵们拖着他的尸体竟和拖着死猪、死狗的尸体一样粗手粗脚。

还有人建议干脆把他尸体扔到荒郊野地算了，只是想到国王可能还会问起，所以暂时把他拖到了王宫后花园的洞穴里去。

王后寝宫里发生的事情，很快就有人密报国王了，王子前脚才走开，国王后脚就到了，身后还跟着罗森格兰兹和吉尔登斯吞。才跨进王后房间的门，国王就见到王后坐在床铺边长嘘短叹的，国王急切地问道："到底是怎么一回事，你必须告诉我，你的儿子呢？"

王后抬头看了看国王，又看了看两位家臣说："你们先退下。"

"啊，陛下，今晚发生的事真是太可怕了，"王后等两位家臣退出门时才说，"您刚才没有看到王子发疯的情景，根本没有人能够在他野性发作时阻挡住他。他跟我正说着话呢，突然听到帷幕后有什么东西爬动的声音，根本等不及我的制止就'唰'地拔出剑对着帷幕一阵狠刺，嘴里还喊着'有老鼠，有老鼠'，于是那躲在帷幕后可怜的好老人家就被刺死了。"

"真是罪过啊，要是躲在帷幕后的是我，岂不是也被他杀了吗？真是太可怕了，再也不能让他这样胡作非为了。如果再不把这发疯的孩子关起来，对我们大家都是极大的威胁，不能让他到处乱走了。"国王说着在王后的屋子里焦急地团团转，"不行，天一亮就得让他上船出发，喂，吉尔登斯吞……"

站在门外的吉尔登斯吞和罗森格兰兹听到国王的喊声连忙跑了进来，"你们快去找几个人，刚才哈姆雷特王子发疯的时候已经把布洛尼斯杀死了，你们去看看尸体被士兵们拖到哪里去了，你们快把那尸体搬到教堂去，赶快去把这件事办好。"

"是，陛下。"两个家臣行过礼，一前一后地小跑着赶去了。

这一夜王宫发生的惊天动地的事情，很快就由士兵、卫士们嘀嘀咕咕地传说开了，不过大家还是有所顾忌的。只是遮遮掩掩地说了个大概，艾尔西诺城的人家有亲人在宫里做事的，也把这宫中血案传了出去，恐怕天一亮，整个城里又会是一片沸沸腾腾的。

夜已经很深了，奥菲丽娅还没有入睡，今天的王宫里戏班子发生的事情很让她吃惊，她不知道自己离开王宫后，哈姆雷特王子又做了些什么，而且父亲为何迟迟不归。她交代女仆见到老爷要通报她之后便独自一人坐在屋里，可是一直有一种无名的恐惧在一点一点地侵蚀她。

父亲会不会出了什么事呢？现在已经过了子夜，父亲可从来没有这么晚还不回来的。她想着想着便伏在梳妆台上迷迷糊糊地睡了过去，忽然，她尖叫一声"父亲"，惊恐万般地抬起了头，四下里张望，不用说奥菲丽娅一定是做了噩梦了。

"太可怕了，我怎么会梦见父亲被人掐着脖子，大喊'救命'呢？太可怕了。"

想到这，奥菲丽娅已经没有了一点睡意，她走到窗台前打开了窗户，想让夜晚的凉意吹吹她混乱的头脑。

黑暗中，奥菲丽娅推开了面向花园的窗子。霎时，洁白的月光洒进了屋子里，屋子里所有的器皿都镀上了一层洁白的柔光。园子里淡淡的花香、草香也让人觉得气爽神怡。

"也许真是我想得太多了。"奥菲丽娅想着便在窗前坐了下来。

正当她定定神看着窗外时，忽然"啊"地尖叫一声站了起来："是谁，你快出来，快出来。"

原来，奥菲丽娅看到花园里的大树下直立立地站着个人，她吓得浑身抖得厉害，嘴里结结巴巴地喊着给自己壮胆。

"别害怕，奥菲丽娅，是我。"树下的人语气温和地说着走了出来。

奥菲丽娅定睛一看，原来是王子殿下，这么晚了，王子是怎样一个人跑进她家花园的呢！不及她细想，王子殿下已经走到了她的窗前。今晚的王子殿下有些奇怪，虽然他的衣服有些脏乱，但还是很整齐的。最奇怪的是他的表情，那是他发疯以来从未有过的恬静，像正常人一样的冷静清晰，他就站在奥菲丽娅的窗前，很安详地看着奥菲丽娅，目光里有一丝旁人不易觉察到的怜悯之情。他轻轻地摇着头。

"奥菲丽娅，这么晚你还没睡，你是在等你爸爸吗？"奥菲丽娅点点头努力要使自己平静下来。

"可是，你不用再等了，你爸爸永远不会回来了。"哈姆雷特王子的语气很低沉，他缓缓地抬起头，双眼直愣愣地看着奥菲丽娅。

"您说什么？"奥菲丽娅心里像一个重锤狠狠敲了一下，"您说什么？请您说清楚点！"

"布洛尼斯已经死了，就在刚才，是被我亲手处决的。"王子的声音严肃而肯定，让人不容置疑。

奥菲丽娅小姐忽然感到了一阵头晕，她竭力的大声说："不会的，不会的，你是骗人的。王子殿下，你是骗人的是不是，你说的都是假的是不是？"

"不，奥菲丽娅，我说的是真的。我也为你感到难过。"王子一脸认真的样子，不像是在说假话，更不像是在说疯话。

顿时，奥菲丽娅只觉得天旋地转，两眼直发黑，她瘫坐在窗前痛哭起来。无论如何她也不能相信噩梦竟然成真，而且是那样的凶残。最让她不能接受的是，杀害父亲的凶手竟是自己一直关心和信任的哈姆雷特王子。她不知道面对这突如其来的恶噩耗自己能有多大的能力承受，只能趴在窗台前任自己的泪水尽情地宣泄。

王子看着痛哭的奥菲丽娅，长长地叹了一口气，摇了摇头轻轻地走开了。

春天的夜晚，已经少了许多寒意，风吹到身上是凉凉爽爽的，加上有花草和泥土的气息，很让人精神为之一振。哈姆雷特王子想着跟霍拉修还有约会，便也无暇感受这春天的晚风，得赶快跟霍拉修见个面，看看往后怎么安排。

霍拉修的家里灯火通明，他已经接到中尉的急报，说是王子杀了布洛尼斯。此刻，他正着急王子怎么还不来？天就快要亮了。

正想着，门外传来了两长一短的敲门声，"是王子殿下。"霍拉修连忙跑过去开了门，王子侧着身子迅速地进了屋，霍拉修把头伸出门外瞧了瞧，看看有没有人跟踪，然后关上门，插上了门栓。

霍拉修早已经让佣人们去休息了，他请王子坐下后，端上一杯热茶又把烛光挑亮了一些，"王子殿下，您处决了布洛尼斯，您干得真漂亮。"霍拉修的言语有些激动，也有些迫不及待。

"哎，也许太草率了一点，只是当时我实在恼火，克制不住自己……往后恐怕事情更加的难办啊！"王子的语气相当冷静，他得好好为下步做好打算。

"是啊！国王一定不会轻易罢手的。现在你杀死了他的心腹等于已经公开向他宣战了，国王一定会想出更多的毒辣手段报复你的。殿下，你可得小心啊！"

"我会注意的，下一步的安排等我想好之后，会及时通知你，谢谢你，霍拉修，你是我的好兄弟。"王子说到这儿有些动情了。

"王子殿下，快别这么说，为您做事我愿意鞠躬尽瘁，在所不辞。不过，我想起了另一个人，你也得多加小心，他就是布洛尼斯的儿子雷奥提斯，听说他正在法国学习剑术，而且已经达到了极高的境界了。如果他知道您杀死了他的父亲，他一定会找你复仇的。比起布洛尼斯来说，雷奥提斯可不是好对付的。"

王子点点头，握紧了霍拉修的手。这时，天已经蒙蒙亮了，黎明的曙光就要来临，王子起身告辞了。

王子被放逐

经过了一夜的折腾，国王已经是疲惫不堪了，他的双眼布满血丝，脸上满是阴郁的表情，好像一下子苍老了许多，他一脸憔悴地上了朝，歪靠在王座上。

"立即召哈姆雷特进宫。"

很快，哈姆雷特便由罗森格兰兹带领着走进了王宫，王子的神情依旧是那样迷迷糊糊，若无其事的，好像昨晚什么事也没有发生。

"早安，父王，您一夜没睡吗？啊，我睡得可好啦，早上都不想起来了，真困啊，真困啊！"说着王子竟伸起了懒腰。

"哈姆雷特，你见到大臣布洛尼斯了吗？"

"有啊，他正在用早餐呢！"王子一本正经地说。

"在哪里，你在哪里见到的？"

"我为什么要告诉你呢？也许在天堂吧，不，不，一定是在地狱了。"王子又耍起了疯劲，根本不理会国王的愤怒。

"哈姆雷特，你太过分了，做出这样的事情，真是让我痛心，为了你的安全，你还是尽快离开丹麦吧！我已经安排好了，你立刻动身去英国。"

"到英国去，那也不赖啊，美丽的英格兰土地啊，我可以好好游玩一番了。噢，对了，你肯定还派了罗森格兰兹与吉尔登斯吞这两个小探子与我同行吧！"王子的话让国王气得脸上一阵红一阵白。

就在王子去准备行装的时候，国王秘密召见了两位家臣，交给他们一封密封好的公函，低声交代："这封公函你们必须时刻带在身边，一到英国就要亲手交给国王，回来我会重重赏赐你们的，快去吧！"

国王阴险的笑容浮在了脸上，因为谁也不知道，他在交给英国国王的信件里有这样一句话——见到哈姆雷特王子，请立即将他处死。

临近中午的时候，大家都做好了准备，船和水手们指挥着搭乘这一班船去英国的人们安置行李。因为知道哈姆雷特王子也将坐这班船离开丹麦，很多艾尔西诺城的居民便蜂拥到了码头边，有的人就站在码头的船舷边，有的人则在岸边的岩石上，有的人则远一些在濒临海边的小楼上举着望远镜在看，认识的，不认识的，大家都来送王子。

挥手的、挥帽子的、甚至还有人在高喊："哈姆雷特王子，再见了，我们爱您。"一些年龄大的市民不像年轻人那么直白，只是怜惜地看着甲板上的王子，不住地挥手。

霍拉修也在送别的人群中，他和王子远远相望，彼此心照不宣，王子的离去对他来说也是一件感伤的事情，但是以丹麦国现在的情形，也只能用这缓兵之计了。王子向霍拉修打了一个手势，霍拉修好像明白了什么，用力地点了点头。

"呜……"汽笛声响了，水手升起了船帆，解开了船上的缆绳，船就要起航了。顿时，人群中又是一阵涌动，一群一群的人甚至沿着码头跟着船舶走啊，跑啊！

轮船离开艾尔西诺城后，便加速朝英国方向开去。船上的人们来自四面八方，成为旅伴之后，他们开始互相认识，三个一群五个一伙的，打牌啊，谈笑啊，在甲板上晒太阳啊，很快便熟识得像老朋友一样。再加上来丹麦演出的戏班也搭乘这一班船，船上便更是热闹非凡，多才多艺的演员们弹琴的、演奏的、唱歌的、跳舞的，大家早已把演出的不愉快忘得一干二净了。

天气真是出奇的好，天空与海面一样的湛蓝，海鸥随着轮船上下飞舞，发出一阵阵"欧……"的歌声，颇通人性的海豚也时不时地出现在船头、船边、船尾，它是那么富有灵性的生物，它会聪明地给轮船导航。海豚那憨态可掬的样子惹得不少女旅客趴在船栏杆上看个不停。

从航行的开始直至现在，每个人的心情都非常的好。如果顺利的话，不出一周就可以抵达英国了，而这一个星期的海上旅行必定会给每一个旅客留下美好的、难忘的印象。

看着船上的旅伴们开心的样子，哈姆雷特王子的内心却一刻也不平静，他倒不在乎航行是否愉快，什么时候到达，他的心里惦记的是国王交给家臣的那封信里到底写了些什么？他得争取时间在船舶抵达英国前看到公函的内容。

为这事他已经想了一天一夜了，如果再不想出办法，恐怕要来不及了。这一天一夜以来王子都寝食难安，虽然表面上还与人有说有笑，实际上却是恨不得一剑结果了两个家臣。

今天晚上，因为戏班的提议，大家又要在轮船的甲板上举行一个盛大的露天酒会。一开始听到这个消息，王子还有些迟疑，但他忽然又想到了什么，于是一口答应，还热心地参加组织呢！

夜晚很快来临了，甲板上早已被布置得张灯结彩，人们也打扮得花枝招展，浓妆艳抹，很快都涌上了甲板。音乐响起来了，大家开始跳舞的跳舞，喝酒的喝酒，气氛相当的浓烈。

罗森格兰兹、吉尔登斯吞当然不会错过这样一个狂欢的机会，他们跟着王子也来到了甲板上，只不过显得有些拘谨，因为国王有令，他们也不敢离开王子半步。

但看着别人兴高采烈地舞蹈着，他们的脚也忍不住痒了起来，合着音乐的节奏在地上打节拍呢！王子看了一眼说："罗森格兰兹、吉尔登斯吞，你们也去玩吧，尽情地玩吧，这茫茫大海我是跑不掉的，除非我要投身大海，当然你们知道，我是不会的。我可没那么傻，我还有美好的人生，还没有享受够呢，你们去玩吧！"

听了王子的话，两位家臣也觉得有道理，但还是推推搡搡的，不敢走开。

"王子，您言重了，我们是国王派来一路上服侍您的，没有照顾好您我们不好向国王交差啊！"

"去吧，去吧，在这里国王也见不着，交什么差啊！只要到了英国，你们把我交给英王，不就什么事都没了？"

说着王子推搡着两位家臣，把他们送进了舞池。很快便有美丽的姑娘与他们对舞起来，罗森格兰兹与吉尔登斯吞很卖劲地舞蹈起来，摇头晃脑的很惬意的样子。这时王子悄声来到戏班子团长身边，轻轻地告诉团长："团长，请你帮个忙，请你安排几个戏子陪我的两位大臣喝酒，尽量让他们不醉不休。"

聪明的团长知道不便多问，连声说道："没问题，殿下您请放心，我会做好的。"

一曲音乐终了，两位家臣又兴奋又激动地下来了。这时立即有许多认识与不认识的人围了过去，大家举着酒杯，恭维着两位大臣。

"啊，两位大臣定是国王的红人，护送王子的重要差事都交给你们，以后在丹麦国有事相求，还请两位大臣引见、关照。"

"哪里，哪里，大家干杯、干杯。"大家正说着，两位大臣便不胜酒力，醉眼迷离，神志不清了。

王子趁这时候悄悄离开了甲板，他警觉地朝四处看看，便快速走到底舱拿了一件宽大的水手服罩在身上，就偷偷来到了二层客舱两位大臣的房间。

狂欢的人们都在甲板上，二层客舱的贵宾房都是黑漆漆的，为了避免突然有人下来，王子进了大臣屋里连烛火也不敢点。

黑暗中，他摸遍了房间的每一个角落，甚至从床头摸到床尾，终于在罗森格兰兹的枕头下发现了那封密函，他连忙塞进怀里，侧身出了家臣的房间，又立即拐进了自己的房间。他脱下水手服，点亮了烛火，王子看了看手中的密函，用一根金针小心翼翼地挑开了密封的标志，他轻轻的，但又快速地取出信来，浏览了一番，看到最后，王子的双眼喷射出了愤怒的火花，信的结尾是这样写的：

英王大概还没有忘记丹麦国入侵贵国留下的惨痛教训吧，为了我们两国的和平友好，留下这个丹麦王子是

最大的祸患，所以当您接到这封信时，不要再犹豫了，

一见到哈姆雷特王子，请立即处死他。

王子看过信后恨得牙齿"咯咯"直响，他得赶快抓紧时间，此时甲板上的狂欢节目已经进入了高潮，鼓乐声、欢呼声、碰杯声，舞步声响成了一片，人们的兴致发挥到了极点。除了戏班的团长外，谁也没有注意到王子离开了酒会，当然团长正忠心耿耿地盯着两位家臣呢！

王子取出随身带着的宫廷笺纸，这时，王子平日里常常练习的书法可以让他好好发挥一下了，他模仿着国王的笔迹又写了一封信，无非是赞叹两国人民友好相处，英国繁荣之类的话，但信的结尾却改成了：

现今我派出的两位使者，时常进谏谗言破坏贵我两

国的交往，为了表示我的诚心，请英王接到密函后将他

们处死。同去的哈姆雷特王子是丹麦国未来的国王，请

务必盛情款待。

写完之后，王子也觉得有趣，也许是老天爷冥冥之中的帮助，王子的身上带着先王的私印，这私印与现在丹麦国的国玺是

一样的，所以王子盖上私印之后，谁也看不出这如假包换的密函有什么破绽了。

王子将国王带来的那封信烧了，用信封将他写的信装了进去，再小心翼翼地密封起来。所剩的时间已经不多了，王子吹灭蜡烛又罩上那件宽大的水手服，摸黑进了两位大臣的房间，这一回比较简单了，王子把信放回原处就可以了。

王子做完了一切工作，心情顿时舒畅了许多，他照旧将水手服送回了底舱，然后回到甲板上。这时罗森格兰兹、吉尔登斯吞早已经醉成了一堆烂泥，只不过嘴里还在喊着：“干杯，干杯！”。

“哈哈，你们很快就要去见上帝了，就让你们醉个够吧！”王子举杯向团长敬了一杯，感谢他的帮助。

夜深了，露天酒会也渐渐要散了。人们尽兴之后也颇觉疲乏，陆续回到各自的房间。船长下午已经接到海上气候预报，说是凌晨有风浪，所以过了午夜，便将船先开到一个避风小海湾稍作停泊。

正当轮船刚刚驶入海湾还没停泊稳妥，客轮的船头忽然撞了一下，撞得刚刚回房的旅客们惊恐万状地又跑上了甲板。大家怀疑是不是发生海啸了，一上甲板才发现，一艘狭长的小船横在客轮的船头，人群中有人尖叫一声：“啊，是海盗。”

仔细一看，果然是海盗船，只见船上的人个个虎背熊腰，手中拿着武器，凶神恶煞地站成两排。客轮上有自备武器的旅客连忙拿出武器，拿在手里自卫，其他没武器的人则挤成了一堆，罗森格兰兹和吉尔登斯吞竟也被吓醒了，他们躲在女游客的中间吓得浑身颤抖。

这时海盗船上，一个装扮得像头目的人指挥一个海盗向船上喊话了："快把你们值钱的东西统统拿出来，否则我们要杀死你们，放火烧了你们的船。"

客轮上的人们起了一阵骚动，但谁也没有去拿什么值钱的东西，而是挤在一块，紧张而害怕地看着海盗船上的人。

海盗头目见大家不动，立即派了两三个海盗跃过船舷，跳上了客轮，他们准备采取一定行动了。

这时，王子从侧面跳了出来，他以迅雷不及掩耳的速度冲了过去，他的长剑左挑右刺，一下子将这两三个海盗打下海，海盗船上又有几个海盗前来支援。

这时客船上的水手们、男客们受了王子的鼓舞也拿着武器前来助战。王子越战越勇，竟跳到了海盗船上去厮杀，打拼的过程中，两船渐渐拉开了很长一段距离，王子恐怕很难跳回客轮了，而且海盗们尽可能地极力阻挡着王子，最后他们一边开船，一边拼杀，王子终因寡不敌众，被海盗们捆得结结实实，摔在甲板上。

"都是他坏了我们的好事，把他杀死算了。"

"还是扔到海里喂鱼吧，这茫茫大海他游3天也游不到边啊！"海盗们议论纷纷，恨不得一刀结果了王子。

王子一句话也不说，满脸刚毅的神情，他的双眼直盯着那个海盗头目，没有一点儿屈服的样子。

这时，那个海盗头目站了起来，也是双眼直盯着王子，他说："看你眉清目秀，武艺高强，一定也是个出色的人才，报上名来吧，我不想让勇士死得不明不白。"

"士可杀不可辱，要杀要剐，你们动手吧，我堂堂哈姆雷特王子，不需要向你们这些无名小卒、乌合之众屈服。"

"是哈姆雷特王子，你果真是哈姆雷特王子？"这海盗头目一听两眼泛光。

王子殿下生气地说："是就是，不是就不是，我为什么要冒充？"海盗头目仔细看了看王子，连忙叫左右："快，给哈姆雷特王子松绑。"

海盗们态度的转变让王子着实摸不着头脑，他疑惑地看着海盗头目，神情不减原先的愤怒。

只听那头目朗声说道："不瞒王子殿下，我原先是贵族出身，只因先父败在你父王手下，才使得我沦落为靠打劫为生的海盗，我就是原来挪威王的小儿子——福丁布拉斯。王子殿下的大名我是如雷贯耳，我是不杀我所敬仰的勇士的。"

王子一听是福丁布拉斯，脸上竟露出亲切的神情。关于先王与挪威王的决斗，王子殿下虽然没有亲眼目睹，但每一个细节他却清清楚楚，先王曾经不止一次自豪地向他描述过。

他也很欣赏挪威王的英勇与正义，至于挪威王的小儿子福丁布拉斯，哈姆雷特王子也是久仰其大名的，所以当福丁布拉斯一报出姓名时，王子心中先前的厌恶一下子消失得干干净净。

待海盗们解开捆绑王子的绳索后，哈姆雷特王子走近福丁布拉斯，他的双手用力地握住福丁布拉斯的双手，真诚地说道："我已经不在乎自己的生命了，只是父仇未报，我心难平。今天您不杀我，他日我必定会报答您的，谢谢您。"

"杀父之仇，这是怎么回事？"福丁布拉斯感到奇怪，"王子又怎么会独自一人乘这艘去英国的客船离开丹麦呢？"

"这说来话长啊！"王子看着福丁布拉斯诚恳的面容，便将父王如何遇害，自己又如何被新王排斥、遣送的来龙去脉都告诉了福丁布拉斯，福丁布拉斯听得惊叹不已。

所谓英雄相见惺惺相惜，虽说是初次见面相识，两个人竟像是故友一般谈得投机。海盗船上也没有什么好东西招待王子，福丁布拉斯命令手下打来海鱼就着陈酿和王子畅饮、畅谈。海盗们都是豪爽之人，既佩服王子的武艺高强又惊服他的英勇不屈。现如今又见王子与自己的首领相见如故，自然也非常的尊敬哈姆雷特王子。

"这样吧，王子殿下，我会安排将你送回丹麦国的。如今我的国家也是被我的叔父篡权当了国王，从前先父的部下也都散居各地，他们都在等待我的东山再起，王子殿下如果需要，也许我可以助您一臂之力啊！"

"谢谢您，福丁布拉斯殿下，我想您会成为我的好伙伴、好助手的。"

福丁布拉斯见王子身旁连个随从也没有，便安排了两名部下，交由王子差遣。

如果王子有什么需要，这两名部下会以最快的速度通知到他的。对于福丁布拉斯的安排王子自然感激不尽，两人又举杯痛饮了几个时辰，然后沉沉地睡去。

家破人亡

可怜的奥菲丽娅小姐，父亲这样不明不白地死去，而且草草入葬，连个理由也没有，可怜的他在世时多么风光，却是这样凄惨地死去。布洛尼斯这一死，家中便遭人冷落，昔日人来人往登门求见的热闹景象一下子消失得无影无踪。

奥菲丽娅已经给哥哥捎去口信告诉他家中的变故，叫他快回来。但由法国来的船只却久久没有到港，加上家中仆人也走得七零八落的，只剩下奥菲丽娅的奶娘不放心终日以泪洗面的小姐，留下来为她洗衣做饭，两人也好有个照应。

偌大的庄园只剩下了两个人，一个年老体衰，一个悲伤不已，这家里再也没有了从前的欢笑与安乐。庄园里的重活没有人做，到处杂乱不堪，花园里的荒草早已长得齐腰高，水池里的水不知道什么时候也枯竭了，现在再也听不见鸟儿们高兴地歌唱，只有老鼠一类可恶的坏家伙整日地在园子里横冲直撞。

国王虽然送走了王子，但只要船舶未达英国，他的心都不会安宁的。加上心腹大臣也死了，他的身边连个知心的人也没有，所以也整日慵懒，国家的朝政也不多加理会。无论心情好坏，他都沉溺在酒宴中，引得朝野上下议论纷纷，艾尔西诺城的百姓们更是怨声载道。

王后也是好几天不见国王上朝了，这一天她又到王宫里到处走走、看看，随行的还有霍拉修和两个侍女，刚刚才进大厅就遇上一个侍卫来报："王后殿下，奥菲丽娅小姐又来了，她一定要见您。"

"我不愿意见到她，叫她改天再来吧！"

自从布洛尼斯死后，王后总觉得有些亏欠奥菲丽娅，但国王终日不见上朝，王子又被遣送英国，所以她也实在没有心情去关心奥菲丽娅。

"可是，她一定要见您。她已经来了好多次了，都没有见着您。她的神情有些疯疯癫癫的，满脸的哀伤，语无伦次的，让人瞧着怪可怜的。"

"她都说了些什么？"

"禀告王后，她不断地说她的父亲，说这世上到处都是诡计和坏人。她还一边说一边捶胸顿足，痛苦不堪的样子。她的话实在有点前言不搭后语，但有心的人还是可以从她的话里听出点什么，很是让人为难。"侍卫在一旁如实地述说着。

王后还在思考着，这时站在一旁一直没有说话的霍拉修开口了，他说："王后，依我看，不如您就先见她一面。因为奥菲丽娅小姐突然遭受丧父之痛，也有些不明不白，如果没有个人开解开解她，恐怕她的情况会更糟的。"

"那好吧，请她进殿吧！让我听听她的心声，也减轻我心中的愧疚。"王后说完挥挥手叫侍卫将奥菲丽娅宣进殿。

奥菲丽娅小姐的模样与从前大不相同了，王后一看真是大吃一惊。才几天的工夫，她竟然憔悴得这么厉害。身上的衣裙还算整洁，只是头发有些零乱，还沾着不知从哪弄来的一小片树叶儿。奥菲丽娅瘦了许多，脸色有些蜡黄，目光呆滞无神，直勾勾地盯着人没有任何表情，看得人心里直发毛。

"美丽的丹麦王后陛下呢？"奥菲丽娅小姐面对着王后陛下却问出了这样一句让人莫名其妙的话来。

"啊，奥菲丽娅，你不认识我了吗？"王后有点吃惊，还是和蔼地看着奥菲丽娅。但奥菲丽娅似乎没有什么反应，她站在那呆了好一会儿，忽然高亢的歌声从她的口中唱出来了：

谁是你的人？
毡帽在头杖在手，
草鞋穿一双。

让人捉摸不透的歌声清晰而嘹亮地响彻宫廷内外。奥菲丽娅根本不在意别人的一脸惊讶，旁若无人地继续高歌：

姑娘啊，姑娘，他已死去，

一去不复返；

头上生着青青草，

脚下石生苔。

"可是，奥菲丽娅……"王后打断了奥菲丽娅的歌声，欲言又止。奥菲丽娅看了王后一眼说：

王后陛下，请您听好了。

鲜花红似血，

泪水滴满棺，

坟墓啊，坟墓……

奥菲丽娅的歌声在继续，惊动了未来上朝的国王。国王在今早刚刚得到密报，布洛尼斯的儿子雷奥提斯已经悄悄回国了，他对他的父亲的死暴怒不已。

国王因为昨夜的酒醉，实在还有些迷糊，现在被奥菲丽娅的歌声一激，立即变得非常清醒。忙叫来侍从胡乱地梳洗一下就匆匆忙忙上朝了。

王后、霍拉修，还有不少的侍从、卫士都被奥菲丽娅的歌声震惊了，大家静静地站在那里一句话也没说。国王的突然出现让他们有点慌乱，连忙一一行礼。国王挥挥手让大家免礼，便径直冲着奥菲丽娅说："你好吗？美丽的姑娘。"

"好啊，很好啊！上帝保佑您，他们说猫头鹰是一个面包师的女儿变的，您说我们将来会变成什么啊？"

国王听着奥菲丽娅奇怪的问话，半天不知道该如何回答。他想：一定是她父亲的死对她刺激太深了。

雷奥提斯少爷果然今早已经抵达艾尔西诺港。在他接到妹妹的口讯前他已经听到了关于父亲死亡的传闻，但他不是太相信，直至妹妹的口讯送到他手中，他才确信不已，并且马上收拾行装回国了。

雷奥提斯在法国一直学习剑术，他曾经答应父亲要学习好高强的武艺，将来回国成为一名技艺超强的勇士。在法国学习期间，他也的确非常认真刻苦，他的剑术进步神速，连他的剑术老师也常常称赞他。

但这一次事关重大，所以他连想都没想就向老师辞行了。原本雷奥提斯可以早些到家的，但他沿途还向行人打听了父亲死亡的原因。

有的人说："那个该死的坏大臣呀？不是死了吗？听说只是草草入葬。什么原因？肯定不会有什么好事的。"

也有人说："是他咎由自取啊，谁让他惹恼了王子殿下呢！"

还有人说："说不定是他知道了太多国王的秘密，才借王子之手杀死的吧！"

总之没有一种说法是对布洛尼斯表示一点敬意的。雷奥提斯怒气冲冲地回到家中，但是叩门叩了许久，都没有一丝动静。最后他只好从庄园侧面小花园的矮墙上跳了进去。他看到花园里杂草丛生，通往房间的长廊上蜘蛛网密布，到处又脏又乱，他沿着走道逐个房间喊去："奥菲丽娅，奥菲丽娅……"

但是没有人答应，直至走到厨房才听到一个苍老的声音瓮声瓮气地应了一声。雷奥提斯推门一看，是奥菲丽娅小姐的奶娘，她正在收拾厨房呢，厨房里早已是四壁皆空了，只是因为有了奶娘的收拾多少还算整洁些。

奶娘一见到雷奥提斯，像见到了亲人一样，才喊出一句："少爷……"便老泪纵横了。

"这到底是怎么一回事？小姐呢？去哪了？"

"自从老爷去世后，所有的下人走的走，逃的逃，只剩下我一人，实在看着小姐孤苦伶仃的太可怜了，怕她想不开，留下来陪陪她……我也老了，实在做不了什么，只能帮着小姐洗洗衣服，做做饭。从前老爷在的时候多少人整日的想尽法子登门求见，现在连一个人也没有了，真是世态炎凉啊！家里连吃的都快没有了，呜呜呜……，小姐天天都去王宫要见王后、国王，可一次都没见着。她回来就哭，哭了就唱歌，真让人心疼……"

老奶娘絮絮叨叨地边说边哭，雷奥提斯在一旁听得早已是愤怒至极了。他想，父亲一生一世都为国王卖命，如今不明不白死去，国王竟不理不睬，不加抚慰，我一定要找他评评理。我要报我的杀父之仇。

想到这，他安慰奶娘，说："你放心，谢谢你一直照顾小姐，你的恩惠我会牢牢记住的。如果有那么一天我们重振家园，我一定会好好报答你的。我现在就进宫去找国王和王后去，我不会轻易放过他们的。"

雷奥提斯说完，抚了抚腰间的佩剑，怒气冲冲地直往王宫方向奔去。

"国王在哪里，国王在哪里，该死的国王，你快出来。"才到宫殿口，雷奥提斯便大声吼叫，门口的侍卫根本无法阻挡住他。雷奥提斯一路狂喊一路挥剑直往大殿里冲。侍卫们只好高喊着"国王"跟着跑了进来。

国王、王后、奥菲丽娅他们都还在大殿里，猛地听到宫殿外一声接一声的"国王"叫喊声，克劳狄斯王不禁害怕起来，难道雷奥提斯这么快就到了吗？不容国王多想，雷奥提斯的一柄长剑已经指向了国王："还我父亲来！还我父亲来！"

国王的卫士连忙冲到国王前面挡住了雷奥提斯的长剑。

"雷奥提斯，你冷静一点……你这样做是以下犯上……有什么话好好说嘛！何况你妹妹还在这。"国王躲在卫士的身后，吓得说出的话也断断续续。

雷奥提斯一听妹妹也在，回头一看果然看到了奥菲丽娅正站在一旁独自摆弄衣裙没有吭声。雷奥提斯没有松下手中的剑，侧过脸来喊了一声"奥菲丽娅，"但是奥菲丽娅没有回答，只是抬眼看了看他又继续做她的事。奥菲丽娅的神情很淡然，看不出是悲哀还是喜悦，只是呆滞的目光让人看了心痛。

"都是你这该死的国王，害死了我的父亲，又吓坏了我的妹妹。你快拿命来。"

"雷奥提斯，你快冷静一点，你放下你的剑，我可以向你解释清楚的。"

"冷静？我要是冷静得下来，我还是人吗？"雷奥提斯双眼喷射着仇恨的目光，额头上的青筋突兀，神情煞是吓人。

"雷奥提斯，你先放开手中的剑。你要报仇总得弄清楚事情的真相吧，杀死你的父亲的真的不是国王。"王后好半天才缓过劲来，插上一句话。

"好吧，你说是谁，是谁？"雷奥提斯的话咄咄逼人，容不得别人有丝毫的隐瞒。然而，王后却面露难色看了看国王，没有说话。

国王清了清因惊吓而有些嘶哑的嗓音，说："雷奥提斯，你也是知道的，你父亲的死，我也是悲伤之至。他一直是我忠心的大臣，你说我怎么会杀死他呢？"

"这个我自然分得明白，冤有头，债有主，我只要找到杀死我父亲的真正凶手，你说吧，是谁？"

"是哈姆雷特。"

"是王子殿下，哈姆雷特？"雷奥提斯顿了顿神情，坚决地说："你不要有什么隐瞒，我不会放过他的，你们等着瞧吧！"说完雷奥提斯狠狠一甩手将手中的长剑扔在了地上，这时国王、王后才松了一口气。

雷奥提斯转身去找妹妹，可是不知道什么时候奥菲丽娅已经悄悄离开了王宫。刚才大家只顾着凶神恶煞的雷奥提斯，却忘了身边还有个奥菲丽娅。雷奥提斯指着众人说："我先去找我的妹妹，我父亲的仇我是一定会报的。"说着狂奔出了宫殿。

"奥菲丽娅……奥菲丽娅……"他一路走，一路喊，碰到行人就问有没有见着一个相貌清秀，穿着长长裙子的姑娘。

有人告诉雷奥提斯，有看见一个唱着歌的姑娘走过，但走到哪去了，谁也不知道。雷奥提斯找遍了全城也没找着，只好先回家去问问奶娘了。

其实，奥菲丽娅小姐出了王宫后一路唱着歌儿就走到了她从前常去的郊外。现在正是一年中最美的季节，郊外的野地里，山冈上，到处是繁茂的花草树木，蝴蝶儿翩翩，蜜蜂儿嗡嗡，鸟儿的歌声婉转动听，奥菲丽娅小姐的心情也变得非常好，她独自一个在无人的旷野中开心地采花，采蘑菇，美丽的歌声在山谷里回荡：

啊，春天的花儿满园开，

送你茴香花和漏斗花，

看你是真情还是假意，

忘恩的慈悲草呀，

全都除掉吧，

还有芸香和紫罗兰，

可爱的罗宾我的宝贝。

山涧里有一挂瀑布，瀑布下的潭水又深又清，奥菲丽娅小姐从前常来这玩水。现在正是春暖花开的季节，潭里的水也解冻了，鱼儿也开心地在潭底游来游去。奥菲丽娅玩累了，便坐在这水潭边踩水，当她看到水里鱼儿的悠游自在时，忍不住跟着鱼儿往水潭里走去。奥菲丽娅小姐这一走就再也没有回来。

当人们发现她时，她静静地浮在水潭边，水草缠住了她的脚，才不致让她顺着潭水往下游漂。她的神态很安详，甚至还有些笑意，头上还插着自己采摘的野花，衣裙弄脏了粘了些泥，脚上的鞋只剩下了一只，另一只不知道被水冲到哪里去了。

"奥菲丽娅，你怎么了，你快醒醒，是哥哥没有保护好你，你快醒醒！"当雷奥提斯被人们领到水潭边看到已经没有知觉的妹妹时，他的喊叫如雄狮怒吼，堂堂七尺男儿泪如雨下，让同去的人们无一不为之动容。

雷奥提斯抱着妹妹的冰冷的身体，摇她，喊她，可是奥菲丽娅再也听不到了。雷奥提斯轻轻抚摸着妹妹的额头，将她的脸擦拭干净，又理了理她零乱的头发。想想前些日子，他离开丹麦之前还和妹妹促膝长谈，妹妹是多么乖巧、听话的姑娘啊！

为什么才不过这么一些日子，家里竟接二连三发生了这么多令人伤心的事呢？

"不行，我是绝不能放过哈姆雷特的，我要报仇！我要报仇！"

雷奥提斯心中的仇恨怒火般地燃烧着，他抱着妹妹的尸体发疯般地跑去，一个仇恨的声音在山野里回旋："哈姆雷特，你是我们全家的仇人！"

王子回国

王子殿下神秘地交上了一群好朋友，又神秘地送来了两封信，还神秘地回来了。这个消息真是有人欢喜有人忧啊！

霍拉修那一天在王宫里见到了发生的一切，既为奥菲丽娅小姐感到可怜，又担心王子殿下的安危。布洛尼斯这个老朽可以一剑刺死，可是雷奥提斯却是比他的父亲强上十倍也不止的对手啊！更听说他在法国学习了精湛的剑术，武艺比从前自是进步了许多。王子已经走了好一段日子了，不知道他现在过得如何。

霍拉修想得正出神，仆人来报："少爷，有两位水手要见您，他们说有信要交给您。"

"水手？"霍拉修有些纳闷，可转念一想，"难道是王子殿下，只有王子殿下在海船上呀。"想到这，霍拉修连忙叫仆人快快将水手请进来。

不一会儿，两名皮肤黝黑、身体健壮的水手打扮的人走了进来。一见面矮个水手便抬手作了个揖：

"您是霍拉修阁下吗？哈姆雷特王子让我们转交一封信给您。"

"谢谢你们，上帝祝福你们。"霍拉修一听果然是王子殿下的消息，高兴极了，他接过信，让仆人好好招待两位水手，自己便在一旁迫不及待地读起了信。

信很短，霍拉修一会儿就看完了，因为急着想见到哈姆雷特王子，他对两位水手说："我现在就带你们去见国王，然后请你们立即带我去见王子殿下。"

奥菲丽娅小姐的死对雷奥提斯又是一次深深的打击，他抱着妹妹的尸体一路狂奔到了王宫。国王正独自一人坐在朝堂上若有所思。侍卫们知道国王最近心情不好，也都一个个缩着脑袋躲得远远的。

雷奥提斯将妹妹的尸体轻轻放在地上，悲愤交加地说："国王陛下，您已经知道凶手是谁了，为什么无动于衷呢？为什么您对于这样罪大恶极的暴行，不采取严厉的措施呢？你让我失去一个父亲还不够，又让我失去了唯一的妹妹，您究竟还在等什么？"

国王也着实被雷奥提斯的举动吓了一跳，他镇定了一下神色，说："雷奥提斯，不是我无动于衷，也请你体会一下我的处境。我有两个理由，也许这在你看来不成其理由，但对我却是关系重大。一个是哈姆雷特是王后的唯一的儿子，她是一刻也不能看不见哈姆雷特，否则她是无法生活的，而我也同样不能离开王后而生活；再有，艾尔西诺城的百姓们都以王子为荣，他们的盲目崇拜会让脚带锁链的王子也成为一种荣耀。所以我一直在想该用什么样的方式才可以既制服王子又平息民愤。"

"那您还要等到什么时候，我的父亲和妹妹都已经化成泥了。"

"不要让这件事扰乱了你的思想，让我们一起努力想想吧，我不会让你的父亲和妹妹白白死掉的。只是你必须等待时机。"国王虚伪的笑容布满整个面庞。

他暂时稳住了雷奥提斯，又叫下人先将奥菲丽娅小姐的尸体送到教堂去，国王许诺一定会用隆重的仪式安葬她。

两人正说着，一名侍从举着一封信从宫殿外快速走来，行过屈膝礼后，他将手中的信高举过头："启禀陛下，是哈姆雷特王子托人送来的信。"

"哈姆雷特？"国王有些困惑了，接过信问道，"是谁把它送到这儿的，送信的人呢？"

"回陛下，是两个水手，他们已经走了，我也没有见到他们。"

"好了，你可以下去了。你们也都下去吧！"国王喝退了身边所有的侍从，将信读给雷奥提斯听：

陛下，我已经只身回到了您的国土上来了。明天我就会来拜见您，我会告诉您我的海洋之旅的。另外，您的两位好大臣自己去了英国，估计他们永远也不会回来了。见面后我会好好说给您听的，保证让您大开眼界。

哈姆雷特敬上

信的内容很简单，也有些让人摸不着头脑，"只身回来了"、"两位大臣永远也不会回来了？"这什么意思？难道……国王的心里"咯噔"了一下，不禁害怕起来，他不敢再往下想了。身边的雷奥提斯探了探头看了一下信纸，问道："陛下，您确信这是哈姆雷特的笔迹？"

"没错，的确是他亲手所书。他居然一个人回来了，怪事，怪事。"

"他来了正好，我要叫他还我父亲和妹妹的命来。我不会放过他的。"雷奥提斯可不管哈姆雷特是怎么回来的，只要他回来，就可以报杀父之仇了，雷奥提斯的斗志一下子涌了上来。

国王的心中有鬼，他当然不会让雷奥提斯随意就去向王子复仇，他得想出一个两全之策。既可以达到除掉王子了却雷奥提斯的复仇之心，又不让人怀疑到这件事与他有关，所以他吞了吞口水，缓缓地说："雷奥提斯，我明白你的心意，也知道你报仇心切，但我们得做个安排，让王子自投罗网，比方说怂恿他去做某件事情，这样即使他死了谁也没有一句话可说了，连他的母亲也不好说什么，这样我们的心才会安。"

"陛下，我会听从您的安排，您最好设法让他死在我手中，这样这件事就与您无关，又可以解我心头之恨了。"

雷奥提斯的话正中了国王的下怀，他的眼角不经意掠过一丝奸笑，很快又恢复原样。他不动声色地说："我是这样想的，年轻人总是争强好胜的。以你的技艺与他比试，定能挑起他的斗志。你在法国学习剑术很久了，我相信他一直很想跟你比试一番。"

"这怎么说？"

"几个月以前，我们丹麦国来了个诺曼武士，名叫拉蒙德，精于骑术，擅长剑法，武艺高强得出神入化。"

"这个拉蒙德我认识，他在法国也是知名的勇士，他的武艺的确高强，那又怎么样呢？"

国王的话，雷奥提斯还是有些不明白，拉蒙德的武艺高强与自己和哈姆雷特王子之间的恩怨又有什么关系呢？

"我们丹麦国的勇士与拉蒙德交手，几乎全都败在他的手下，只有殿下与他不分上下，不过他们没有正式比试，只是互练了几招。但这拉蒙德向王子提起了你，并对你的剑术赞不绝口。他对你着实夸奖了一番，这使得哈姆雷特王子忌妒极了，他一直要等你回国好与你比试比试呢！"

国王说到这，意味深长地看了雷奥提斯一眼，似乎要说点什么，聪明的雷奥提斯一下子明白过来了。

"您是要我在与他比剑的过程中杀死他？"

"当然，雷奥提斯，这得看你怎么想了，我知道你深爱着你的父亲和妹妹。但是，经验告诉我，爱与恨不过是一时的感情冲动，随着时间的久远，它是会一点一点消失的。也许你已经改变主意了，这得看你自己的了。"

狡猾的国王想要借刀杀人，却要将自己洗脱得干干净净。他用这样的言语再次刺激了雷奥提斯，果然雷奥提斯中计了，他咆哮着，"我要用剑割他的喉咙。"

"不过，雷奥提斯，你也不能太着急了，如果你要报仇也得寻找好机会。你可不能整天到处叫嚣，让别人都知道你的恶意复仇。你可以先待在这里，哈姆雷特已经回国了，我会叫一些人在他的面前夸奖你的本领，到时他一定会要求与你比试。比试前你留心挑一把利剑，趁他不注意一剑结果了他。这样也就报了亲人的仇了，就算哈姆雷特死了也没有人会责怪你的。因为这场比试是他先挑起的嘛！"

国王不愧是老奸巨猾，他已经把这件事情前前后后想得如此清楚了，他本是要置王子于死地，而且这种急切的心情一点也不亚于雷奥提斯，只是他更善于掩饰罢了。

"我会这样做的，为了保险起见，我会在剑尖上涂上一层剧毒的药油。这药油是我从一个卖药人手中买来的。我已经做过试验了，只要这药油沾到人的皮肤任何地方，就会渗入血液迅速传遍全身让他立即倒地而死，而且没有任何解药可救。"

雷奥提斯受了国王影响，竟然也一并扔掉了火爆的急性子，静下心来与国王一起商讨起细节来。

"让我再想想，为了保证一次成功，我们最好想一个万全之计。"

国王唯恐这一剑不足以杀死王子，反而惹出一堆祸事，于是又锁紧眉头想了一会儿，"这样吧，你在和他比武的过程中一定要全神贯注，拼命进攻，让他疲于奔命。等到他口干舌燥讨水喝的时候，我就让人给他准备一杯毒酒，这样即使你无法一剑割破他的喉咙，那一杯毒酒也会要了他的命的。到时我们再找个替死鬼，不就了却这桩心事了吗？"

两个人被恶毒的心思迷惑了头脑，竟然臭味相投想出这样可怕的计谋要杀害哈姆雷特王子。若不是下人来报王后进殿，还不知两人要想出什么更加狠毒的招呢！王后刚刚听说奥菲丽娅小姐的死，又听说雷奥提斯还在宫里，便赶来安慰一番：

　　"雷奥提斯，请你节哀，奥菲丽娅小姐的死我们也感到很伤心，她是个可爱的好姑娘，我们会给你补偿的。"

　　"谢谢王后的好意，我会让真正的凶手付出代价的。"

　　再说哈姆雷特王子自从与福丁布拉斯结成了好朋友之后，得到了福丁布拉斯部下们的尊敬，他在海盗船上受到了最高级别的款待和礼遇。海盗船在海中航行了两天之后，便在西海岸一个小岛上靠岸了。因为天气的原因他们需要在这里稍作停留，福丁布拉斯就将王子领上了岸。

　　在海岸与山谷的交接处，福丁布拉斯利用天然的洞穴布置了他暂时的居住地。平时他们都把打劫的财物运送到这里，再分派下人到集市换回所需要的生活物资，当海上没有生意的时候或者天气不好的时候，他们就在这里住上十天半个月的。因为这里偏僻而隐蔽，是不容易被人发觉的。

　　哈姆雷特王子与福丁布拉斯上岸之后，已经有许多身强体壮的年轻人在洞穴口迎接了，他们一律是粗壮的身体，红棕色的皮肤，像一座座敦实的铁塔立在那儿。他们见福丁布拉斯领着一位气宇轩昂的年轻人进洞，便粗声粗气地齐声喊道："福丁布拉斯殿下。"福丁布拉斯向大家点头示意便领着王子进洞了。

王子跟着福丁布拉斯穿过狭小的洞口，转了几个弯，又过了一座小石桥，原本不起眼的小洞穴突然变得宽敞明亮起来。洞穴里最宽敞的地方，我们并且称它为大厅，容得下上百人的集合，最高的地方可达几十米，洞穴顶上还有低垂的石钟乳石笋。大厅的周围利用天然的小洞穴隔成了一间一间的小屋子。洞里凉风习习，还能听到地下水汩汩的声音。

王子的心情也像这进洞的过程一样，穿过了狭小的过道豁然开朗了，他拍了拍福丁布拉斯的肩说："想不到，您在这里竟然还有这样的世外桃源啊！"

"王子殿下，您过奖了，我们已经沦为村野民夫，山间草民了，只能委屈殿下在这小住几日了。"哈姆雷特王子已经久违了这种畅快的心情，今天这一大笑，让他的心一下子轻松许多，也让他一下子觉得浑身充满了干劲。

福丁布拉斯就在这别具一格的府第盛宴款待了王子。也许是早几天已经有人做好了安排，洞穴里布置得井然有序，各类美酒佳肴鲜果摆满了石桌石椅，四周的烛火欢快地跳动着。福丁布拉斯叫来属下一一见过哈姆雷特王子，因为哈姆雷特王子平易近人，所以不出几日大家都与他交上朋友，对他格外地尊敬。

福丁布拉斯从前也是个博学多才、武艺高强的王子，如今遇上哈姆雷特真是酒逢知己千杯少，他们常常是举杯畅饮，畅所欲言，放下酒杯切磋武艺，两个人的友情像陈年的美酒越发浓香。

福丁布拉斯的手下有一名武士叫拉蒙德，他个头不高，皮肤黝黑，双眼炯炯有神，一副很干练的样子。他是福丁布拉斯的得力干将，也是所有武士中武艺最高强的一个，练武之人都喜欢与高手交上手，过过招，当他得知哈姆雷特王子武艺高强，就忍不住想比划比划了。

一天，趁着大家酒兴正浓，拉蒙德向王子提议：“王子殿下，拉蒙德欣闻王子殿下武艺高强，很想向王子请教，不知王子能否答应？”

王子殿下跟拉蒙德应该是旧相识了，在拉蒙德游历到丹麦国的时候，两人曾见过一面，虽然没有正式交过手，但是王子知道败在拉蒙德手下的武士不下几十人，也是个英雄好汉。

福丁布拉斯听到拉蒙德的请求自然是高兴不已，拉蒙德是他的骄傲，如果与哈姆雷特王子比试能胜出，岂不是他的面子上有光，所以他极力赞同：“王子殿下，您就赏个脸，答应了吧！我的爱将也是嗜武之人，碰上高手当然要请教一下。”

王子殿下见盛情难却，而且说实在的，他也很久没有遇上能与之匹敌的对手了，所以借着酒兴他满口答应了：

"好吧，就明天清晨，我们海边相见吧！"

第二天清早，天才蒙蒙亮，王子就醒来了。他用山泉水洗了洗脸，霎时清醒了许多。他理了理头发，将长剑佩在腰上走出洞穴，走向海边。清晨的空气真是清新，还带着淡淡的、潮湿的海腥味，王子深深地吸了一口气，又舒展了一下筋骨，感觉到从没有过的惬意。

"早啊，王子殿下。"拉蒙德不知什么时候已精神抖擞地站在了哈姆雷特身后，"我们开始吧！"

"请！"王子拔剑摆出架势，这时远处福丁布拉斯领着10来个部下笑眯眯地朝这边走来。

拉蒙德个子虽小但身形灵活，他像一只海燕灵巧地左右跳动，手中的剑更是上下飞舞，轻而有力。王子殿下的剑术在丹麦国是有口皆碑的，他的行动敏捷而有气势，常常是呼啸而来又不经意地变换，让人捉摸不定，所以两人的交手"铿铿锵锵、乒乒乓乓"实在是难分高低。两个人打了几十个回合也没有要分出个高低的势头，其他海盗们却时而拍手欢呼，时而紧张不已，他们可是很少有机会看两个高手交手的。

站在一旁的福丁布拉斯也是看在眼中，喜上眉梢。他清清嗓音说："两位高手就到此为止吧，要不太阳落山了你们也难分胜负。"

哈姆雷特王子和拉蒙德两人都对对方精湛的剑术赞叹不已，拉蒙德诚恳地对王子说："哈姆雷特王子，你的剑术真是出神入化，你是我所遇见的最出色的勇士之一啊！我想丹麦国只有雷奥提斯才是你的对手。"

"我记得，你曾经向我提过，但我还没有机会和他交手呢，不过他现在恐怕要视我为仇人了。"

"什么？视你为仇人？"福丁布拉斯惊讶地问道。

"对，"王子殿下收回了剑转身对福丁布拉斯说，"我杀死的那个大臣就是他的父亲。他如果知道了一定会找我报仇的。"

"据我所知，雷奥提斯本性正直，不像是个坏人。"拉蒙德想了想说，"我与他交往过一段时间，还算了解他。不过，王子殿下你还是要小心，这几个月来他一直都在法国学习剑术，上个月我见到他的剑术师傅，听说他的武艺又进步了许多，真很难得有这样的人才。"

拉蒙德已经两次在王子面前夸奖雷奥提斯了，这样的话不能不在王子殿下的心里起点作用。王子在心里暗暗地想："我一定得找个机会跟他好好比试比试，到底他的剑术有多么精妙。"

回到洞穴后，王子想想自己已经在这海上漂泊和洞穴小住花去了许多时间了，便要向福丁布拉斯告辞。福丁布拉斯听说哈姆雷特要走，自然是苦苦地挽留，因为这些日子的交往他已经把哈姆雷特王子当做知己了。但王子的去意坚决，福丁布拉斯也不好再勉强了。

第二天，福丁布拉斯安排手下准备船只、干粮和航行所需用品，并挑选了几名胆大细心、武艺高强的部下，由他们护送王子回国。

两天以后一切准备妥当，福丁布拉斯领着手下将王子送到了海边，他真诚地对王子说："哈姆雷特殿下，认识你是我今生的荣幸，我领着属下就在这等候您的佳音了，如有什么需要，请一定让我的手下前来报告。您一路要多保重。"

"谢谢您，也请您多保重。"

两双手再次握在了一起，经历离别对哈姆雷特来说已经不是第一次了，但这种兄弟般的情谊他深深体会的只有两次。一次是霍拉修在艾尔西诺港送别他，那时两人只能遥遥相望，也不能有太多表示；另一次就是这一回与福丁布拉斯的分别，不知为什么，哈姆雷特王子竟有一种很悲壮的感觉。不过别离都是伤感的，这也是人之常情啊！

小船升起了帆，南来的风将帆吹得鼓鼓的，王子在船头任凭海风将他的头发吹乱："又要回到丹麦国了，这世事真是难料啊！"王子的内心感慨万千，"要不是发现了密函的内容，我可能已经做了异乡的鬼，要不是遇上了海盗福丁布拉斯，即使不客死异乡，也是要流落英国啊！已经几个月的时间了。我得抓紧时机好好把自己的事情了结清楚才行。"

想到这，哈姆雷特王子连忙回到船舱，他叫人拿来纸笔，开始写信。他先写了一封给国王的信，接着又写了一封，是给霍拉修的。

船在海上已经航行了3天了，天气很好，每天都是晴空万里。时间过得真快，夏天已经不知不觉地来了，王子哈姆雷特已经离开丹麦好几个月的时间了。如果能坚持以这样的速度航行，再过5天应该就可以到达艾尔西诺城的外海了。

不知为什么，越是离家近，王子的心中就越有一种慌乱的感觉，自从先王死了，发生了太多令人意想不到的事情，他的情绪始终处于一种愤怒的状态，他看什么事情都不顺畅，再加上自己为了复仇开始装疯。

那一段时间整日胡言乱语，行动怪诞，到了夜晚又是悲伤与焦虑的煎熬，连他自己都怀疑自己是不是真的疯了。幸亏还有个霍拉修这样好兄弟时时给他安慰，默默地帮助他，要不然真不知自己会发狂地做出什么举动。

杀死大臣布洛尼斯就是情急之下无法自控的结果，虽说这大臣是该死，可是留下他的女儿奥菲丽娅真是可怜。

想到奥菲丽娅，王子的心中不禁一阵心痛，奥菲丽娅是多可爱的姑娘啊！她一点儿也不像她的父亲，他们曾经那样地心心相映，可是王子装疯的时期为了不被别人发现，说了许多让奥菲丽娅伤心的话，奥菲丽娅小姐一定对他误会很深了。不知道奥菲丽娅现在过得好吗……这几个晚上王子都是彻夜难眠，他翻来覆去地想着这些问题，有时甚至半夜跑上甲板坐到天亮。

　　小船航行的第九天清早，天空才微露晨曦，哈姆雷特王子一行就抵达了艾尔西诺港。大家换了装束上了岸，王子和水手们先在城外的海边找了一个地方住下，便叫人将信送进城交给霍拉修，送信的人已经去了大半天了，王子也焦急地等待着。

　　霍拉修将两位水手带进宫，把信交给了宫中的侍官由他再转交国王，他们便走了。原本霍拉修要立即动身去见王子，但考虑到大白天容易被人察觉，便先安顿两位水手在家里吃过饭菜，饮过酒水。先休息休息，等到傍晚太阳下山再动身。

　　两位水手在霍拉修的招待之下也很开怀地对饮起来，霍拉修忍不住问起了王子："谢谢两位水手，请你们告诉我王子的状况。"

　　"霍拉修先生，您请放心，王子殿下非常的好，他和我们的福丁布拉斯殿下是好朋友。"两位水手经过一天与霍拉修的接触不仅体会了霍拉修与王子的深厚友情，也了解了他忠诚善良的性格，所以挺喜欢与他交谈的。

"他是什么时候遇上你们的？后来又是到了哪里？为什么去了这么长久的时间？"霍拉修的问题是一个接一个，水手们耐心地一一回答他，他才稍稍安心，开始等待夜幕的降临。

艾尔西诺城的气候四季分明，冬天是刺骨的寒冷，夏天又是极其的炎热。这不，才刚刚入夏，到处便热浪滚滚，直至太阳下山了，暑气才开始散退，霍拉修家住在海边，所以晚上较城里要凉快些。他和两位水手简单地吃了点东西便牵出3匹马出发了。

天一点一点地黑下来，3个人马不停蹄，终于在子夜时分抵达王子的暂时住地。说是王子的住所其实不过是别人废弃的一所空房，房里连门都没有，从屋子里透出的烛光印出了王子的身影。

夜深了，王子正焦急地等待着霍拉修，霍拉修顾不了许多，纵身跳下马便直往空房里跑，一边低沉地喊着："哈姆雷特王子，哈姆雷特王子。"

王子正想得出神，被霍拉修的叫声猛地惊醒。他也从屋里跑出来，两个人一见面便热泪盈眶，紧紧地拥抱在一起，患难之交的朋友才是真正暖人肺腑啊！

"来，霍拉修，我的好兄弟快坐下。"王子亲切地招呼着霍拉修。

"哎，王子殿下，你好吗？真没想到您是这样回来的。"霍拉修关切地看着王子，眼睛里充满了怜惜的神情。

"我一切都好啊，听听我的奇遇吧！"王子笑了笑，口气变得很轻松。水手们早已准备好了酒菜退下了，让霍拉修与王子好好畅谈一番。

王子便将去英国的船起航以后遇上海盗与福丁布拉斯结成好朋友的所有事情一五一十讲给了霍拉修。当王子讲到在舞会上化装偷阅密函时，霍拉修不禁为王子捏了一把汗，心里直骂这该死的国王实在太阴险了。当王子讲到在海上突然遇见海盗船，双方交手时，霍拉修的眼里满是关切的神情，他甚至上下看了看王子的身上，有没有受伤的痕迹；当王子讲到自己与福丁布拉斯一见如故，开怀畅饮、畅所欲言时，霍拉修面露笑容，两眼泛光，着实为王子松了一口气。

两人说到了天微明，才因酒力的作用沉沉睡去。王子和霍拉修两人都因久别重逢而心情格外地舒畅，睡梦里还有笑容。两个人直睡到正午才醒过来，哈姆雷特王子揉着惺忪的眼睛对霍拉修说："好久没有睡过这样一个踏实的觉了。"

"我也是的，一直惦记着王子您，直至昨晚我悬着的心才稍稍放了下来。"

"霍拉修，我想今天就进艾尔西诺城见国王去。"

"不行，王子殿下，你现在暂时还不能回去，要回去也只能偷偷地回去先打探一下。"霍拉修见王子急着要回城，便将城里的情况描述给王子听："国王陛下已经知道您回国了，他既然会将您送往英国让英王处决你，那么你回国他也会想方设法杀害你的。布洛尼斯的儿子雷奥提斯也回国了，他正整日到处散布要报仇的言语呢！我听说雷奥提斯的武艺进展神速，所以王子殿下，您还是小心为好，不要急着回城里。"

"雷奥提斯回来了，我杀死他的父亲，他当然要向我寻仇，不过据我了解，他可不像他的父亲，他还是比较正直善良的。这一次我得找个机会好好跟他谈一谈，也许我们的仇恨也不会那么深。"王子想了想，自信地说。

"但是，王子殿下我忘了告诉你一件事。"霍拉修面露难色，有点感伤地说，"奥菲丽娅小姐死了。"

"奥菲丽娅小姐死了？"这个消息就像个晴天霹雳，让王子不知所措，"奥菲丽娅小姐死了。"王子的眼里充满了不相信的神色，"怎么可能呢？她怎么死了？怎么死了？"

"王子处决了洛波涅斯之后，奥菲丽娅小姐因为终日哭泣，受刺激太深就发疯了，后来独自一人去野外玩，掉进深潭淹死了。就是这几天的事情，她的尸体还停放在教堂里，这一两天就要下葬了。"

"那好，霍拉修，你不要再阻挡我了，我一定要进城去看看，我们马上就走。"王子的情绪一下子变得激动起来，奥菲丽娅小姐的死讯对于他来说实在是个坏消息，"多好的一个姑娘啊，她纯洁得像一颗晶莹透亮的露珠，可是为什么这样纯洁、善良的人却会遭受命运如此不公的待遇呢？真是太残酷了。"王子想着想着，泪水从他的面颊滑落了下来。

霍拉修见王子落泪，连忙递过手帕关切地说："王子你不要太伤心了，奥菲丽娅小姐是个好姑娘，她的死我们也很难过，但你不能贸然回城，因为雷奥提斯已经视你为仇人，他是不会和你讲情理的……如果你实在要回城也要等到今晚才能动身，我会替你安排好的。"听了霍拉修的请求，王子开始焦急地等待夜晚的来临。

小姐的葬礼

王子吩咐两名水手以最快速度通知福丁布拉斯带人马潜入丹麦国听候增援，自己便和霍拉修趁着蒙蒙夜色上路了。

这一次王子预感到有什么重大的事要发生，两人骑着马在黑暗中奔驰，也许是王子的心情很沉重，一路上他没有说一句话，也不肯停下来休息。

午夜时分他们就抵达了霍拉修的海边住所，两个人下马后粗粗梳洗一下就先去睡觉了。这都是霍拉修的安排，他要等天亮以后与王子易装进城。

或许是这些天太疲倦的原因，也可能是一路纵马的辛劳，王子在床上翻了几个身之后便沉沉睡去了，相反霍拉修却一点睡意也没有。因为王子执意要入城而且情绪如此激动，他实在担心王子冲动之下会出什么意外，可是王子的旨意他又不好违抗，霍拉修想了大半夜，直至天快亮时才稍稍打了个盹。

仆人们早早备好了早餐，然后才去喊霍拉修与王子殿下。吃过丰盛的早餐，王子与霍拉修的精神都好了点。两人正准备出发，霍拉修将哈姆雷特王子上上下下打量了一番，想了想说："王子殿下，您这样进城一下子就会被人认出了，还是让我来帮你化化妆吧！"

说着，霍拉修叫仆人拿出一套老百姓穿的便服让王子换上，又将他的佩剑收了起来。霍拉修左看看右看看又觉得哈姆雷特王子似乎太白了，于是叫厨娘拿演戏用的假胡子贴在王子殿下的嘴边，这一下就是王后站在哈姆雷特王子的面前也认不出来了。霍拉修则像平常一样装束，两个人便大摇大摆地往城里走去

经过城门时，守卫热情地向霍拉修打招呼，还盯着王子看了半天，那时王子心里真是紧张，好在守卫只说了一声："霍拉修阁下，这是您的朋友啊！"便放他们入城了。

从城门到王宫还有好长一段路，紧挨着城墙的东北面原是一座小山包，后来改作了墓地，已经有很多灵魂静静地安息在那里。哈姆雷特王子的先王也是一年多前埋葬在那里的。

经过墓地时，王子殿下出神地看了许久，霍拉修知道殿下又想起了先王，便陪着他在那站了好一会儿。

墓地的上空飘浮着阴冷、潮湿的空气，让人后脑勺都感到冷飕飕的，一群一群的乌鸦有事没事"呱呱呱"一阵乱叫，叫得人心烦。这里四处都很静，偶尔的乌鸦呱叫声和不知名虫子的鸣叫

声也可以吓得人毛骨悚然，在这种地方待久了，真让人以为是到了地狱里呢！

远处有两个掘墓人，正你一锹我一铲地挖土。因为好奇，王子想听听他们在说些什么，便悄悄地走近了他们，霍拉修也跟了上去，两人在旁边的矮树旁蹲着，听两个人在说话。

"你说，她是自杀的嘛，怎么可以按基督徒的仪式下葬呢？"一个粗哑的声音问道。

"嗨，我对你说，你赶快把坟挖好就是了。验尸官宣布要按基督徒仪式下葬就按基督徒仪式下葬嘛，这事你就不要管了。"一个较细的声音催促道。

"不过，说句老实话，如果死的不是一位贵族小姐，他们绝不会同意按基督徒仪式下葬的。"

"那当然，有权有势的人，就是投河上吊，比起他们同教的教徒来说也是格外通融的，这世界上不公平的事太多了。"

"哎呀，不说这些了，说多了心里还不高兴。这样吧，我问个问题你猜，看看你够不够聪明。"

"说吧说吧！"两个掘墓的人似乎一点也不觉得自己在掘墓，倒像是在做一件很快乐的事情，竟然还猜起了谜语。

"你说，谁造出的东西比泥水匠、船匠或木匠更坚固呢？"

那个细嗓音的人想了想说:"造绞架的人吧,因为所有上绞架的人都先后死去了,可造绞架的人造出的绞架却还是站在那一动也不动。"

"你挺聪明的,绞架是挺合适的,可是它是对有罪的人才适用的,其他人可不适用,你再想想。"

许久才听到细嗓音的人说:"我,我实在想不出来了。"

"嗨,真是懒驴子打死也走不快啊!如果有人再问你这个问题,你就回答他是'掘墓的人',因为他造的屋子是可以一直住到世界末日的。算了,一会儿,你请我喝一杯酒吧!"

哈姆雷特和霍拉修两人躲在一旁听着掘墓人你一句我一句的对白,煞是奇怪,难道,他们对自己的工作竟然一点感觉也没有,竟会如此地轻松。可以说说笑话,还可以讨酒喝。

霍拉修从王子的眼神中看出王子在迷惑些什么。于是,他压低了声音在王子耳边说:"王子殿下你别在意,他们做多了这种事情,已经司空见惯了。"

两人正说着,王子竟站了起来走向那两个掘墓人,霍拉修只好紧跟其后。两个掘墓人见墓地突然冒出两个陌生人,竟一点也不奇怪,照旧挖他们的墓,似乎这里发生什么与他们都无关。

"你们是在给什么人挖坟?是男人吗?"王子问道。

"男人？不是，不是男人。"

"那就是女人了。你们干这一行多久了？"

"这说来时间就长了，我是在我们的老王爷哈姆雷特打败了福丁布拉斯的那一年开始的。"

"应该有好多年了吧！"

"当然，那一年正是哈姆雷特王子出世啊，只不过哈姆雷特王子给送到英国去了，真是可惜啊！"是那个细嗓音的人在说。

"是吗？你知道王子为什么被送到英国去吗？"

"还不是因为发了疯。他到英国去，他的疯病就会好的，即使疯病好不了也没关系，英国人是不会把他当做疯子的。因为他们都跟他一样疯。"

这掘墓人的逻辑真让王子觉得可笑，两人你一问我一答说得很有趣，忽然远处传来了嘈杂声，霍拉修定睛一看是王宫里的人。霍拉修连忙拉了拉王子衣袖说，我们走吧！

两人又重新躲到了墓地里的树下，想仔细看个究竟。

那一队人中，最前头的是乐队吹吹打打的，不知在演奏些什么，紧跟其后的是身穿着黑白服的牧师，然后有僧侣抬着灵柩缓缓沉入墓坑里，两个掘墓人站在一旁一点表情也没有，似乎这是一件很普通的事情。

国王走到坟坑旁将手中的鲜花扔了下去，其他人也跟着这么做了，然后他挥了挥手说："盖土吧！"

掘墓人一铁锹泥正要撒向灵柩，忽然一个年轻人怒气冲冲地窜了出来，大声喝道："什么，就这样，我妹妹的葬礼就这样简单，这算什么隆重的仪式？我可怜的妹妹啊！"雷奥提斯说着竟跳进了墓坑，趴在灵柩上号啕大哭。

"什么，灵柩里装的是他妹妹。"王子殿下被雷奥提斯的叫喊声惊呆了，"灵柩里装的是奥菲丽娅，天哪。"王子简直快要昏过去了。

这时国王叫人拉起了雷奥提斯，再次下令"盖土吧！"

国王的再次命令，让哈姆雷特再也无法忍耐了，他没等霍拉修反应过来，便站了起来，直往墓坑跑去，谁也不知道怎么回事，王子已经纵身跳进墓穴，拍打着灵柩痛哭起来。

"你是谁，来这里骚扰我的妹妹，你让她的灵魂不得安息。"雷奥提斯突然见有人跳进妹妹的墓穴，二话不说也跳了下去，抓住王子扭打起来。

王子正痛哭不已，没有在意也来不及还手，被雷奥提斯狠狠地压在身下，这时霍拉修连忙大喊："快住手，快住手，那是哈姆雷特王子殿下。"

"哈姆雷特！"雷奥提斯听到这个名字，连忙扳过王子的脸，王子殿下脸上的烟灰已被泪水冲出一道一道泪痕，他索性抽手抹了一把脸，把胡子也揭了下来。

听说是哈姆雷特王子殿下，雷奥提斯的手掐的更紧了。王子的脸霎时涨得通红，费了九牛二虎之力才将雷奥提斯的手掰开。可是雷奥提斯并不甘心，仍扑打过去。

国王见这场景再发展下去，恐怕不好收场，连忙叫人把他们两人拉开，拖上来。

"雷奥提斯，你别这么冲动，忘了我交代你的话了吗？"国王暗暗向雷奥提斯递眼神，暂时稳住他，才转过身，假心假意地对王子说，"王子殿下，接到你的信我正要去接你呢，你什么时候回来的，住在哪里啊？"

王子轻蔑地看了一眼国王并不回答，而雷奥提斯站在一边虽然被卫士们拉着，可是他的手还按在他的剑上，两眼虎视眈眈地盯着哈姆雷特王子，似乎要喷出怒火来。

国王见王子不说话又问道："就你一人回来吧？罗森格兰兹和吉尔登斯吞呢？他们俩没有护送你回来吗？"

"哈……"听到这样的问话王子忍不住放声大笑，这笑声冷冰冰的，惊得一群乌鸦"呱呱"乱叫，让人不寒而栗。

"你问他们俩？他们留在英国了，他们永远不会回来了。哈……他们在英国去见上帝了。"

哈姆雷特王子的话让国王心惊肉跳，可是他脸上却不动声色，还浮着虚伪的笑容，他转身叫僧侣们快把奥菲丽娅安葬好，然后对王子说："既然回来了，就到宫里住吧，你母后也很久没有看到你了。你说对吗？"国王转头问王后。

"对啊！我的孩子，母亲很想念你，这几个月你过得好吗？"王后关切地问道。

哈姆雷特王子看了看母后，又看了看国王，摇了摇头说："我还有事要办，等我把事情办好再说吧！"说完头也不回地走了。

霍拉修连忙说："国王陛下，您请放心，我看着王子殿下。"说完一路小跑追王子去了。

既然国王已经知道王子回城了，哈姆雷特王子也便索性光明正大地回到自己的家。算一算离开家的日子已经是好几个月了，记得离开时还是春天，现在都已经是秋天来临了。

这几个月的颠沛流离让王子觉得自己的家里真有一种从未感受到的温馨，他随意地在家中走来走去，有时也惬意地躺在长椅上，放松自己的神智。只是花园里的花草开始枯黄，一些树木也早早开始落叶了，满地的草叶不得不让人有一种哀伤的感觉。

吃过早餐，王子躺在后厅的长条靠背椅上，正想舒舒服服地睡上一会儿，忽然仆人来报有一位家臣请求王子接见。王子睁开朦胧的双眼问："是谁啊？"

仆人们报说："是奥斯里克。"

"让他进来吧！"王子说着话，依旧躺在长椅上，看样子他根本没打算起来。

这奥斯里克，王子是了解的，虽然说不上是奸诈的坏人，但多少也是个贪慕虚荣、胆小如鼠的人，所以他的来访一定有原因，王子倒要看看他来干什么。

"王子殿下，欢迎你回到丹麦国。"奥斯里克一见王子，便行了屈膝礼，毕恭毕敬地说了这句话。

"行了，你有什么事？"王子连正眼也没瞧奥斯里克，只顾玩着自己的手指，"快说吧，我可困了。"说着真的打个呵欠。

奥斯里克很胆怯地看了王子一眼，又悄悄向前挪了一小步说："殿下，您要是有空的话，我是奉陛下之命来告诉你一件事的。"

奥斯里克可能是紧张，说完这句话，他拿下了头顶的帽子不停地擦汗。

"说吧，奥斯里克，我洗耳恭听。噢，你的帽子可以戴在头上。"

"谢谢殿下，天气真热啊！"

"不，相信我，天气冷得很，在刮北风呢！"

"噢，好像真有点冷，"奥斯里克的话有点语无伦次，又把帽子戴在头上，"是这样的，殿下，陛下对王子这次回国感到非常高兴，他叫我来通知您一声，他已经为您下了一个很大的赌注了……"

"赌注？为我下什么赌注？"王子有些好奇追问道，"你说得明白一些好吗？"

"是，殿下。"奥斯里克边说边不停地擦汗，"是这样的，殿下，前些日子布洛尼斯的儿子雷奥提斯回国了。最近他常在宫里走动，说真的，他真是一位完美的绅士，他的态度温文尔雅，仪表又非常英俊。说句真心话，从他的身上可以找到一个绅士所应有的全部美好品质。"

"这倒是事实，我也相信雷奥提斯是个优秀的青年，但你究竟要讲什么呢？"王子有些着急了。

"对不起，殿下，我是说，前些日子雷奥提斯与宫里的武士比武，竟没有一个人能赢他，大家都称赞他的武艺是举世无双的。"

"举世无双，真有那么厉害？他会使些什么武器？"王子的心有些痒痒的，因为在福丁布拉斯领地里就听拉蒙德夸奖过雷奥提斯，如今宫里的人竟说他举世无双，无论是真是假，王子都想和他比试一下了。

"是长剑和短刀，殿下。"

"就是这两样武器吗？好啊！"

"殿下，国王陛下并不相信雷奥提斯的武艺举世无双，所以他就下了赌注，国王押的是6匹巴巴里的骏马。雷奥提斯押的是6把法国的宝剑和好刀，还包括刀剑上的装饰物，我见过的，制作得相当精美。"奥斯里克吞了吞口水继续说，"国王陛下跟雷奥提斯打赌，你们如果交手12个回合，那么雷奥提斯顶多赢你3个回合，但雷奥提斯说他可以稳稳的赢你9个回合。所以他们订下规矩只要王子殿下赢了雷奥提斯5个回合就算您胜利。"

"这么做不是对雷奥提斯太不公平了？"

"国王陛下也是为您考虑，他也是担心您的安全。因为雷奥提斯的剑术的确了不得，加上这些年他一直在法国学习，他的剑术又进步神速，所以……"

"这么说，是你觉得我的剑术根本就是比他差了？"

"不敢，不敢，殿下，我们都知道您的剑术也是相当出色的，只是殿下贵为王子，并不像雷奥提斯那样终日刻苦练习，而且王子的身份尊贵，是不可以有任何闪失的，所以……"

"闭嘴，连你这种无名小卒都可以小瞧我的剑术，你就以为我连雷奥提斯都比不过吗？"

"殿下息怒。我只是传达了国王的意思，您可千万别怪罪到我头上来。"奥斯里克吓得唯唯诺诺的。

"那么你去告诉国王，我愿意与雷奥提斯比试一下，当然绝不可以什么7对5，要么就是12个回合6对6，要么就是10个回合5对5，我哈姆雷特绝不会占别人的便宜。胜败乃兵家常事，就算我输了，不过是给他多刺几剑，当众出出丑而已，那又怎样，更何况我还不一定会输呢！"

"遵命殿下，我一定如实回复国王，但还请王子多加小心，雷奥提斯的剑术的确很高明。"

"滚吧，你这唠唠叨叨的家伙。"

奥斯里克被王子喝出了后厅，不禁松了一口气，他擦了擦额头上的冷汗，暗自庆幸今天的任务总算完成了，年轻的王子果然一激就中，哈，这下回宫可有赏赐啦。想想不禁笑出声来。

"奥斯里克，你在这干吗，什么事笑得这么开心。"不知什么时候霍拉修站在了他的面前。

"噢，没，没，没什么，霍拉修阁下，我要告辞了。"奥斯里克结结巴巴说完后连忙快步走出王子家。

霍拉修来到后厅，见王子一人独自躺在靠背椅上正养神呢，听到脚步声王子也睁开了眼睛，见是霍拉修，一下子来了精神，起身坐了起来。

"王子殿下，我刚才在外面见到奥斯里克鬼鬼祟祟的，他来干什么？"

"噢，他来告诉我，国王让我和雷奥提斯比剑术。"

"比剑术？您答应了？"

"答应了，为什么不呢，原本我就想同雷奥提斯比试比试，只不过没有机会。"

"哎呀，王子你不能答应啊！"霍拉修一听，着急地叫道。

"怎么，连你也对我没有信心？"王子开玩笑地说。

"不是，只是我担心这场比试里国王有什么阴谋诡计，王子的剑术自然是与雷奥提斯不相上下，如果只是单纯的比试倒也没什么关系，但如果国王与雷奥提斯联手在这其中做了手脚，那我们就防不胜防了。王子殿下，您别忘了，您可是他的杀父仇人。"

"霍拉修，你不用担心，我想我不会失败的，自从雷奥提斯到法国之后，我的剑术也练得很勤，另外上次我在福丁布拉斯那儿遇见的拉蒙德还教了我几招，他和雷奥提斯交过手，也帮我分析了雷奥提斯的剑术，我想我不是那么容易就输的。"王子很自信地说。

"我只是怕您中了他们的计。"

"中计？不，没什么好怕的。"王子起身舒展了一下身体，两眼望着远方，很镇定地说，"霍拉修，不用害怕什么，世间万物的生死都是注定的，注定在今天，就不会是明天，逃过了今天也躲不过明天，所以随时做好准备就是了。"说到这王子看了看霍拉修，"我知道你关心我，担心我，但是不要害怕，如果老天爷注定让我离开这个世界，那么就让我无牵挂地早早脱身岂不更好？随它去吧！"

王子的话让霍拉修的心情非常沉重，这一年来大家经历了太多的事情，也正是这些事情把他和王子之间的感情拉得更近了。他除了对王子殿下一如既往的尊敬以外，更像关心自己的亲手足一样地关心着他。

但王子的语气是那样的平和和坚定，容不得别人有丝毫的反驳，霍拉修也不好再说什么了，他只想着比赛的时候他一定要注意观察，如果情况危险他一定会奋不顾身冲上去帮助王子的。

复仇之剑

  很快就有人来通知王子殿下，比武设在城市的比武广场上，时间是3个时辰之后。大约在临近傍晚时，国王派人将王子殿下接到比武广场，广场上已经布置妥当了。

  广场的中间铺着一块方形毡毯，毡毯的一边放着剑架，上面插着许多长剑，仔细一瞧就会发现有的剑尖是钝的，有的剑尖是很锋利的。当然王子殿下是不会注意这些的，毡毯的另一边摆着两把王椅，这是给国王、王后的，旁边还放着一些陈年佳酿，几个侍从和卫士已经先站在那了。

  比武广场的外围此刻已经是人山人海了。因为是王子殿下与雷奥提斯比武，所以上至朝廷要员下至普通老百姓，大家都很有兴致来观看这一场比赛。

  大家看到王子殿下和霍拉修进场了，都热烈地鼓起掌来，不一会儿雷奥提斯也跟着国王、王后进了比武场。

  国王见哈姆雷特王子连忙招手叫他过来，并拉过哈姆雷特说："来，让我来替你们和解和解。"说着将哈姆雷特王子与雷奥提斯的手放在一块。

哈姆雷特真诚地说："雷奥提斯，请你原谅我，我是得罪了你，但在场的人都知道，你也一定听说了，我是被疯狂害苦了。我在疯狂之中所做的事情连我自己都不知道怎么回事，所以我也是个受害者。我承认我在无心时做出的举动，误伤了你的亲人，我现在就请求你大度包容，因为我不是故意的。"

王子的话诚恳而实在，雷奥提斯虽然也觉得有道理，但他不可能轻易放弃报仇的，他没有表情地淡淡说道："今天我们是来比试剑术的，我们的私人恩怨我不会带上赛场的。"

"好了，好了。奥斯里克把钝剑分给他们吧！"国王催促着。

王子试了试奥斯里克送来的剑，还不错，挺顺手的。

但雷奥提斯却说："我这一柄太重了，我自己来挑。"说着走到剑架前试了几把，最后他挑中了一把剑柄上镶有玉石的长剑。

除了国王和他，谁也不知道这一把剑是做过手脚的，剑尖已经被磨利而且涂上了一层剧毒的药水。

王子看着国王又比划了手中的剑说："国王陛下，你把赌注下在了实力较弱的一方了。"

"不，不会的。"国王狡黠地笑着，"你们的实力我都了解，我相信你会赢的。来人，替我在那张桌子上斟几杯酒，等一下如果哈姆雷特击中一剑我就赏他一杯酒，如果击中3剑，我就让所有的碉堡一起鸣炮。我还带来一颗比丹麦四代国王戴在王冠上还贵重的珍珠，拿一个酒杯给我。"

国王接过酒杯，从身上掏出一颗晶莹透明的珍珠，将珍珠放进了酒杯，"来，满上酒，开始比赛。"顿时锣鼓震天，炮声隆隆。

"请！"王子殿下做出了手势。

"那我就不客气了。"雷奥提斯摆出架势便一剑刺了过来，但王子轻轻侧身避开了。雷奥提斯转身再刺，王子还是避开了。大概是雷奥提斯求胜心切，加上心中怨恨太深，所以他的一招一式都是恶狠狠的，气势汹汹的，丝毫不让王子。

王子殿下却心平气和，手中的长剑有进有退，躲闪与进攻配合得井然有序。突然雷奥提斯又是一剑直刺王子殿下胸膛，王子殿下以一个灵巧的转身加旋，反将剑尖刺在了雷奥提斯的右肩。

霍拉修看得仔细，连忙大喊一声："王子殿下击中一剑。"

奥斯里克是裁判员，也只好说："王子殿下先胜一剑。"

雷奥提斯对王子的冷静沉着和灵巧的剑法着实吃了一惊，他似乎有些不服气，瞪着一双眼睛怒视王子，不过这是比武场所有的眼睛都看得到的胜负，所以雷奥提斯不好说什么，只好定了定神说："好，再来。"

"等一下，"国王指着放了珍珠的那一杯酒对王子殿下说，"这杯酒是赏给你的，来喝了它吧，祝你健康。"

"让我先赛完一局吧，这酒我会喝的，先把它放在一旁吧！来吧，雷奥提斯。"

两人再次上阵，这一回雷奥提斯可沉着多了，他利用自己剑法的诡秘给王子殿下造成了很大的威胁。但所幸的是拉蒙德曾经帮助王子殿下分析过雷奥提斯的剑法，所以虽然没有交过手，但以王子殿下的聪明，只要雷奥提斯一出剑他就联想起拉蒙德的解释，随机应变。

倒是雷奥提斯见王子竟一一破解他的剑法而慌了手脚，再加上心虚，他竟然被王子的一连串进攻逼到了毡毯的一角。这时王子举剑跳跃，将剑尖点在了雷奥提斯的面颊。要不是王子的剑是钝剑，这一刺定会让雷奥提斯白皙的脸上留下一道伤痕。

"又是一剑，你怎么说？"

"我承认你碰着了。"雷奥提斯有点儿沮丧，他觉得自己是不是心太软了。这时，场外的人们热情高涨，不知谁起的头，大家齐声喊道："王子必胜！王子必胜！"

霍拉修也激动起来随着人们的呼声而兴奋地抬着手掌，他也相信这样下去，王子一定会胜出的。

"我们的哈姆雷特会胜利的。"国王笑着对王后说，但他的笑容却是比哭还难看。

"是的，一定会的。"王后则是非常地高兴，她拿过手帕向哈姆雷特王子递去，"来，孩子，你有些喘粗气了，用我的手帕擦擦你额头的汗吧！我为你喝下这第一杯酒，祝贺你的胜利。"

"谢谢你，好母亲。"

王后果真端起了放有珍珠的那杯酒，国王的脸色大变，想制止已经来不及了。

雷奥提斯竟然连输两次，连他自己都有些怀疑了。他的双眼突兀，因激动而显得通红，他的手紧紧地握着长剑像是发誓般地说："我是一定会赢的。"但国王的脸色却不是那么的好看。

第三个回合开始了，两个人都抖擞了精神，这一回雷奥提斯格外小心，面对王子的进攻随机应对。他已经改变了战术，不求一剑刺死王子，只要剑尖划破王子的皮肤就好了。

两人越战越勇，"叮当"的剑声两耳不绝，忽然两人的长剑交锋相撞，王子的剑震落在地，而雷奥提斯的剑飞脱了他的手直刺向王子，王子殿下来不及避让，侧身一躲，剑尖刚好划过他的皮肤，星星点点的血液渗了出来。

他没有在意，捡起一把剑就向雷奥提斯刺去，雷奥提斯眼见王子的剑直向自己的咽喉刺来竟茫然不知所措。剑尖轻轻点在雷奥提斯的喉间，但是鲜血还是染红了剑尖。

王子一见有血大吃一惊，再看剑："这是谁干的？为什么这把剑不是钝剑？这是谁干的？"

原来两个人在交战中各自的佩剑都掉在地上时，王子捡起的那一把是雷奥提斯的。

国王见两人都流血了，连忙叫人拉开王子和雷奥提斯。

这时王后体内的毒酒开始发作，她的身体往后仰，面色开始发青。

"怎么啦？王后。"王子焦急地喊道。

"噢，你母后见你们两人都流血吓坏了。"国王连忙掩饰道。

"不，不，那酒、酒里有毒。"王后声嘶力竭地喊了出来，便倒头死去了。

"酒里有毒，好可怕的阴谋，来人啊，把这武场包围了，我要查出来这是谁干的。"王子挥舞着手中的长剑发出命令。

雷奥提斯已经倒地上了，他断断续续地说："凶手就是我，哈姆雷特，你也活不了了。不出半个小时，你也会死去的，因为你也被染上毒的剑尖刺伤。哈……这都是我干的，只不过我也活不了多久了。因为你捡起我的剑也刺伤了我，那把毒剑就在你的手上。国王、国王才是个阴谋家，都死了吧，都死了吧！"

王子一听"国王"两个字，想也没想，举剑就刺向了国王。

"救命啊！王子谋反啦！"但是没用了，行动迟缓的国王也被刺破了胳膊。

"快来救我！"国王的呼声让场内的官吏、百姓们惊慌失措，乱成了一团。但看着怒目圆睁的王子谁也不敢上前一步，更何况这个坏国王早已令百姓们唾弃不已了。霍拉修这时快速跑到了王子身边，在这种危急时刻，他要和王子站在一块。

"他死的应该，这毒药是他亲自调的。"雷奥提斯躺在地上用虚弱的声音说道。

王子一把拽起了瘫坐在王椅上的国王，拿起了放在旁边桌上的毒药，"这杯酒是你自己调的，你就全喝了它吧！"说完不由分说将酒瓶口塞进国王的嘴里，"咕咕"往下倒。国王两眼一黑，即刻毙命了。

王子殿下体内的毒也开始发作了，他的眼睛有点儿模糊，头开始撕裂般的痛，手脚有点儿不听使唤了。他在霍拉修的搀扶下跟跟跄跄走到雷奥提斯身边："雷奥提斯，让我们互相宽恕吧！"说完开始急促地呼吸，而雷奥提斯已经含笑着合上眼睛了。

霍拉修摇了摇王子，急切地说道："王子殿下，你要坚持住，丹麦的百姓需要你。"

王子殿下摇了摇头，对霍拉修说："我已经让那两名水手去通报福丁布拉斯了，我死后丹麦国的王位就由他来继承。他会是一位好国王的，为了我，也为了丹麦国，你要好好辅佐福丁布拉斯，像对待我一样忠诚地对待他。"

"不，王子殿下，我们情同手足，你怎么可以独自离开？留下我一个人活在世上还有什么意思呢？我要跟你去！"

说着，霍拉修要去抢那只盛满毒酒的瓶子，王子殿下忍着剧痛，挣扎着拖住了霍拉修："霍拉修，我的好兄弟……你必须听我的话……你要活下去！一定要听我的话……活下去！"

"王子殿下……"霍拉修悲痛不已，与王子殿下紧紧相拥。

哈姆雷特王子已经处在弥留之际了，他用尽了全身力气，一字一句地对霍拉修说："你一定要接到福丁布拉斯王，辅佐他领导丹麦国。答应我，否则我不会瞑目的。"

"呜……王子殿下……"

王子殿下在霍拉修含泪的点头下，脸上微微浮起了笑容。

四周的文武百官、老百姓们全都明白这是怎么一回事了，大家都静静地站着，一句话也没说。王子殿下歪了歪头，倒在霍拉修的怀中死去了。

　　霍拉修的内心悲痛不已，抱着王子殿下的身子大声痛哭着。许久，他轻轻放下王子，站到了比武毡毯的中央，用悲痛洪亮的嗓音大声地说道："晚安吧，王子殿下。愿天使们的歌声能让你含笑地安息，让你焦虑不安的心灵得到抚慰。"

　　说完他已是泪流满面泣不成声了。场内立即唏嘘声一片，大家都沉浸在哀伤之中。

　　霍拉修忍着剧痛叫人将国王、王后、王子、雷奥提斯的尸体抬到教堂，以便举行安葬仪式。

　　整个比武广场沉浸在一片哀泣声中，人们原先的兴高采烈早已跑得无影无踪。谁会知道，隆重的比武竟然会是一场谋杀呢？

　　正在这时，忽然有人来报英国的两名使者求见，霍拉修在国无君主的情况下，临时主持了大局。

　　只见两名英国使者恭敬地献上一份国函，有些谄媚地说：

　　"我们的国王已经完成了丹麦国王的使命，将两位抵达英国的使者杀死，只是不知何故不见王子殿下，请阁下转告国王陛下。"

　　听到使者的话语，人群中传出一阵轻微的喧哗声。

霍拉修冷冷地看了他们一眼，毫无表情地说："国王已经听不到你们的汇报了，他已经死了。"

"啊？那尊贵的耳朵已经听不到这喜讯啦？我们还指望殿下的赏赐呢！"

"喜讯？赏赐？"霍拉修觉得有些可笑，如果国王真的能听得见英国使臣的报告，那也绝对没有什么赏赐可言，因为他的本意就不是让那两个使者死的。但现在霍拉修有更重要的事要去做，所以他顾不上这两个英国使者了。他叫下人赏了些东西给他们，并将他们打发走了。

第二天，天才蒙蒙亮，嘹亮的号角便响了起来，霍拉修也被中尉、少尉火速请到了城门城楼上。城内的居民也被这很久不曾有过的战斗号角给惊醒了，难道国土才死，就有敌人入侵了吗？霎时城内的居民乱成了一团。

霍拉修爬上了城楼，一名士兵递过了一个望远镜。透过望远镜，霍拉修看到了城外烟尘滚滚，浩荡的军队齐刷刷地列队等候。所有的士兵着装一致，皮肤黝黑，英姿飒爽，个个像尊铁塔似地站立在那。

战旗随着海风"呼啦啦"地飞舞着。站在军队的最前方是一位目光炯炯、个子不高，但非常威武的军人，他就是拉蒙德了。他是按福丁布拉斯王子的命令领兵进城来的。不过，丹麦国里恐怕还没有人认识他吧！当然他身旁的两员大将，霍拉修一定认得，因为他们曾经与霍拉修有过一面之缘。

"是挪威的军队，"霍拉修看了一下，对站在身旁的中尉说道，"不过，跟着领队将士身边的两个士兵我见过，是上次送王子殿下回国的水手。难道是福丁布拉斯的军队这么快就到了吗？"

"看他们气势汹汹，我们还是有所防范为妙。"

"对，这样吧，我们先城门紧闭，炮台上准备好百名射手，等军队靠近城门时，我们问清楚再说。"

不一会儿，几万军队扬尘而来，"得、得、得"的马蹄扬起的尘土弥漫了天空。

"快开城门吧，要不我们就要冲进去了。"一个洪亮的声音从军队中传来，那是大将拉蒙德的声音。

"快快报上名来，你们是什么军队，大批人马来到这里干什么？"霍拉修毫不胆怯地大声问道。

"我们是福丁布拉斯王子的先遣部队，接到哈姆雷特殿下的口讯特来援助的。"

果然是福丁布拉斯的部下，霍拉修一听格外的高兴，他激动得想马上召集士兵大开城门迎接军队了。但是丹麦国里刚刚失去了君王，为了安全起见他还是问个明白才好。于是，霍拉修洪亮的声音传出城外："请福丁布拉斯殿下出来说话！"

拉蒙德毫不畏惧大声地回话："本人就是拉蒙德，有什么疑问只管问我好了。我的身边两员大将见过霍拉修阁下，可以请霍拉修阁下辨认。"

"果然是他们！"霍拉修心里一想，马上命令传下去：

"快大开城门，欢迎福丁布拉斯军队。"霍拉修一听果真是福丁布拉斯的援军，高声地一边大声下令，一边走下城楼要亲自迎接。

拉蒙德与霍拉修也是一见如故，彼此都从哈姆雷特的口中听说过，所以感觉非常亲切。拉蒙德与霍拉修行过礼后便向他身后的大批军队发号施令，全部的人马在城外安营扎寨等候命令。

这时军队中走出一位身着黑衣，气度不凡的年轻男子，拉蒙德连忙前去行过礼，再向霍拉修介绍："这是我们的福丁布拉斯殿下。"

"久仰，久仰，福丁布拉斯殿下，请！"

霍拉修领着福丁布拉斯一行径直走向王宫，福丁布拉斯急着要见哈姆雷特王子，却见王宫里一片寂静。

"我要见哈姆雷特王子，我要见哈姆雷特王子！"福丁布拉斯急切地喊着。

"王子殿下已经……"话没有说出口，霍拉修已经泣不成声了。王子殿下已经不能看到福丁布拉斯来辅佐他主持朝政了。

福丁布拉斯被霍拉修的奇怪举动吓了一跳，在他的追问下，霍拉修才强忍着悲痛将王子回国后如何为旁人所激与雷奥提斯比剑术；而国王和雷奥提斯又是如何险恶地将毒药涂抹在锋利的剑锋上，并备下了有毒的美酒，最后王后死于毒酒，王子殿下与雷奥提斯都中了剑毒。临死之时，王子用尽全身力气一剑刺中国王。这一切都只是昨天才发生的事情啊！

"王子在临死前告诉我，丹麦国将交给您来治理，他相信您会是一位好国王的。我也会像从前忠于王子那样忠于你。"霍拉修说完早已泪流满面，福丁布拉斯也是伤心极了。

福丁布拉斯在霍拉修的陪同下来到王子殿下的灵堂前。看着王子殿下英俊的画像，福丁布拉斯真是伤心欲绝。

他又想起了自己与王子殿下结交以来的一幕幕，想起了王子才华横溢、武艺高超；想起他们在洞窟里把酒论英雄，谈论武艺、辨析诗书……可是，这一切都已经成为回忆了，他这么快就失去了这样一位患难之交。

福丁布拉斯的悲泣，让在场的人无不为之动容。在霍拉修的大力帮助下，福丁布拉斯为王子、王后举行了国葬，将国王、雷奥提斯也掩埋在城边东北角的墓地里。然后终年不理的朝政才在福丁布拉斯的手中慢慢转入正轨。

丹麦国百姓们的担忧变成了欣喜，他们又可以过上和平、幸福、安宁的生活了。

福丁布拉斯要任命霍拉修为朝廷重臣，但他谢绝了。他愿意辅佐福丁布拉斯，但他不要显赫地位。拉蒙德自然是当之无愧的大将军了。霍拉修还是时常到王子的墓地陪王子殿下谈话，他相信王子殿下一定听得到，也一定看得到丹麦国的繁荣景象。